LONGE
DE
VOCÊ

EMILY HAINSWORTH

LONGE DE VOCÊ

Tradução de
SABRINA GARCIA

1ª edição

Galera
RIO DE JANEIRO
2014

CIP-BRASIL. CATALOGAÇÃO NA FONTE
SINDICATO NACIONAL DOS EDITORES DE LIVROS, RJ

Hainsworth, Emily
H177L Longe de você / Emily Hainsworth; tradução Sabrina Garcia. – 1ª ed. – Rio de Janeiro: Galera Record, 2014.

Tradução de: Through to You
ISBN 978-85-01-09624-1

1. Ficção americana. I. Garcia, Sabrina. II. Título.

14-09890 CDD: 813
CDU: 821.111(73)-3

Título original em inglês:
Through to you

Texto revisado segundo o novo Acordo Ortográfico da Língua Portuguesa.

Direitos exclusivos de publicação em língua portuguesa somente para o Brasil adquiridos pela
EDITORA RECORD LTDA.
Rua Argentina 171 – Rio de Janeiro, RJ – 20921-380 – Tel.: 2585-2000, que se reserva a propriedade literária desta tradução.

Impresso no Brasil

ISBN 978-85-01-09624-1

Para Stefan, por mostrar-me outro mundo,
e para Courtney,
por ajudar-me a encontrar o meu caminho lá.

Para isso é a sabedoria — para amar e viver,
Para aproveitar o que o destino e os deuses podem dar,
Para não perguntar, não orar,
Para beijar os lábios e acariciar o cabelo,
Apressar o crepúsculo da paixão enquanto
saudamos sua aurora,
Para ter e manter, e, em tempo, deixar ir embora!

— Laurence Hope, "The Teak Forest"

UM

É O MESMO SONHO QUE TENHO TIDO NOS ÚLTIMOS DOIS MESES — Viv fugindo dos cacos de vidro e do fogo, a risada dela ecoando pela noite. Ela vem em minha direção, com os lábios estirados em um sorriso sedutor. Ela rebola, e eu quero tanto tocá-la que chega a doer. Quero enterrar meus dedos em seus cabelos negros. Ela é um contraste escuro deslumbrante em relação às chamas vivas crescentes detrás de si. Prevejo o odor de seu perfume — é como a primavera — e passo minhas mãos sobre a pele dela, sem nunca soltá-la. Mas então ela para e desvia o olhar de mim. O fogo dança em seu rosto. Quero gritar, mas estou mudo. Tento alcançá-la, mas não consigo me mexer. Ela se volta em direção às chamas.

Eu a perdi novamente.

Cerro meu punho e entreabro um dos olhos. Mike Liu está na extremidade da mesa da biblioteca, incomodado.

— Ei, Cam. O sinal tocou.

Limpo a baba que escorre da minha boca e levanto o rosto de cima do caderno espiral que está na minha frente. Esfrego as marcas profundas que ele deixa em minha bochecha.

— Obrigado.

Ele hesita, ajustando a mochila no ombro.

— Vejo você no almoço?

Respondo sem olhar.

— Sim.

Enquanto ele vai embora, desejo por um segundo ter dito mais do que duas palavras. Mas duas palavras é tudo o que consigo dizer esses dias.

Os outros estudantes saem da biblioteca. Estou sozinho.

Afundo na cadeira e olho pela janela. Ela dá uma boa visão da esquina. Fico olhando até alguma coisa passar pelo vidro — um emaranhado de cabelos negros. Levanto-me depressa demais, quase derrubando a cadeira. Minhas pernas congelam; pisco e vejo que é apenas um corvo voando. Solto o ar. Viv morreu há dois longos meses, mas ainda está em todos os lugares.

E em lugar nenhum.

Lá fora está quente demais para início de outubro. Veranico. As folhas ainda estão penduradas nas árvores, as flores ainda estão desabrochando. Tudo está tão *vivo*. Desejo que o inverno chegue mais rápido e congele tudo. Eu deveria estar na aula de trigonometria, mas pego um atalho para um lugar afastado. Mudei meus horários para que pudesse ver essa cunha de concreto de todas as salas. De todos os ângulos, é um cruzamento de tamanho médio onde duas calçadas se encontram. O antigo poste que se partiu em dois foi substituído, a paisagem, remendada de volta. As cartas, fotos e os bichos de pelúcia pendurados estão até começando a se misturar. As flores que eu trouxe esta semana murcharam.

Faz exatamente dois meses. Hoje.

Esta noite.

Tento não olhar para as fotografias sorridentes, mas uma delas chama minha atenção, tirada diretamente do anuário. É uma do primeiro ano, quando ela ainda era animadora de torcida. Suas curvas não preenchiam totalmente o uniforme nessa época. Ela está usando fitas vermelhas e brancas no cabelo. As bochechas estão rosadas e saudáveis, seu sorriso está mais amplo do que me lembro. Forço a vista para ler os bilhetes, embora tenha memorizado todos eles.

Viv, sentimos sua falta.

Por que coisas ruins acontecem a pessoas boas? Saudades suas, Viv.

Não acredito que você se foi.

Cravo as unhas em minhas palmas. Eles não sentem *saudades* dela. Reconheço cada um dos nomes assinados. Nenhum deles realmente considerava Viv uma amiga. Você não podia escolher não fazer parte dos populares como ela fez. Ou você nunca faz parte ou você é excluído, como eu.

Preciso de um cigarro.

Tem um maço no fundo de minha mochila, e eu vasculho entre cadernos e papéis soltos procurando por ele. Meus dedos tocam o celofane e retiro a caixa semiamassada, batendo-a contra a palma da mão. Fecho a tampa de volta, coloco um cigarro entre os lábios e procuro um isqueiro. Meus bolsos estão bagunçados e fico irritado quando não encontro um imediatamente. Tiro a mochila do ombro e vasculho até notar uma leve protuberância no forro — heureca. Há um pequeno rasgo que eu alargo rapidamente, ansioso para acender meu cigarro, mas quando puxo a mão para fora e vejo o meu Zippo em vez do Bic barato que procurava, eu paro.

Passo o polegar sobre o monograma gravado nele no meu décimo sétimo aniversário — C.P. Cerro o punho para não ter que olhar para ele, mas o pior é *senti-lo*. Frio, liso e duro. Os nós dos meus dedos ficam brancos. Antes que eu consiga pensar, guardo-o nos arbustos semidestroçados onde o pneu dianteiro de Viv parou. Tenho certeza de que é esse o lugar porque quando acordei ao lado do corpo sem vida dela, coberto por vidro e com cheiro de gasolina, saí cambaleando em torno do carro e *caí* naqueles arbustos. Eram espinhosos e implacáveis. Descobri arranhões embaixo da minha camisa dias depois. Não tenho muitas lembranças daquela noite além do corpo dela sangrando, tombado contra a janela quebrada do lado do motorista, mas me lembro daqueles malditos arbustos.

Se eu não tivesse deixado o isqueiro idiota cair, se Viv não tivesse rido de mim por eu ser um desajeitado e estendido a própria mão para pegá-lo, se ela não estivesse indo tão rápido para que pudéssemos chegar logo na minha casa e na cama, se não estivesse chovendo, talvez eu não estivesse aqui olhando para seu memorial patético na calçada.

Queria que fosse o meu.

Porra de isqueiro idiota.

Vir aqui foi uma péssima ideia. Sempre é.

Assim que passo pelo poste, escuto uma voz sobre meu ombro.

— Cam?

Viro-me, mas não há ninguém.

Viro-me novamente, olho ao redor e não vejo ninguém, mas poderia jurar que uma garota chamou meu nome. A voz era metálica, como se falada através de uma fila de ventiladores em funcionamento.

— Senhor Pike. — Um novo tom grave me pega de surpresa. Giro o corpo e vejo o Treinador Reed. *Sr. Reed*, o vice-diretor do Fowler High. Ele me lança um olhar de avaliação enquanto se aproxima, aquele que faz você se sentir como se ele pudesse ver dentro de sua alma. Não tem funcionado comigo desde que larguei o time.

— Pike, você está em território escolar.

Fico aguardando o final da piada.

Ele arranca o cigarro da minha boca e me entrega. Droga.

— Mesmo se você tivesse 18 anos, fumar na escola *é* proibido. — Ele aponta para o outro lado da rua, para o ponto de ônibus grafitado onde os fumantes do Fowler High buscam refúgio, tanto alunos quanto professores. — Se você vai cultivar o hábito, faça-o *fora* do campus.

Olho para o banco sob o abrigo, para o vidro blindado malconservado, tão arranhado que não se qualifica mais como um vidro. Olho para trás, para o memorial de Viv, para os cartões, os arbustos, o poste. Ninguém seria capaz de ver qualquer coisa através daquele vidro. Olho para o cigarro apagado em minha mão. Achei mesmo que pudesse apreciá-lo sem a companhia dela? Eu o jogo na sarjeta.

— Acabei de largar, senhor.

O que você sabe... quatro palavras. Afasto-me antes que o Sr. Reed — eu não vou chamá-lo de Treinador — tenha tempo para responder. Posso *sentir* a preocupação dele. Como eu deveria estar na aula de trigonometria, caminho de volta para a escola, abrindo uma porta de metal da sala de artes no corredor. Ele me chama.

— Camden...

Jogo o maço de cigarros meio fumado numa lata de lixo antes de a porta fechar atrás de mim.

O refeitório transborda para o salão principal, como sempre. Os cortes no orçamento ou a má gestão das vendas de bolos forçaram a escola a *maximizar o espaço*, em vez de expandi-lo. O triste é que quase todo mundo prefere comer aqui fora no corredor escuro e antiquado do que às mesas em um local alegremente iluminado que cheira a pizza estragada. Quase todos, inclusive eu.

Há recuos pela parede onde ficam as inúmeras portas duplas que levam ao auditório. Essas entradas são sempre valorizadas por serem mais reservadas, mas eu consegui garantir uma hoje cedo. Duas meninas me olham quando sento. Elas se calam e posso sentir uma delas olhando para mim. Sento de pernas cruzadas e não olho. A outra cochicha e eu as ouço fechando suas mochilas. Relaxo um pouco — elas vão sair.

Mas então uma delas aproxima-se e ajoelha-se ao meu lado.

— Oi... — Ela é ruiva e tem o rosto em formato de coração. Eu não a reconheço. Deve ser caloura ou uma sem-noção do segundo ano. Inclino a cabeça e não retribuo o olhar. Ela continua falando gentilmente: — Eu só queria dizer... Que sinto muito. Eu não a conhecia, mas é realmente triste. Ela era tão bonita...

Meu cabelo cai sobre meus olhos. Eu não olho para cima, nem mesmo ajo como se ela estivesse lá.

Ela fica perto de mim durante um constrangedor meio minuto, esperando que eu responda enquanto estudo os ladrilhos do piso, desejando que as pessoas parem de tentar fingir que se importam. Finalmente, ela entende a mensagem. Pega sua bolsa calmamente e se junta à amiga outra vez.

— Viu? — diz a outra garota. — Agora você acredita em mim?

Elas vão embora pelo corredor. Eu expiro.

Eu não como. Viv e eu costumávamos sair para almoçar ou, pelo menos, para fumar. Acabaram de passar um livro para lermos para a aula de inglês, então eu o retiro da mochila. Não sei sobre o que é a história, mas as pessoas ficam muito menos propensas a falar com você se parecer ocupado. Não há janelas ali, e o refeitório fica de frente para o campo de atletismo. Esta é a única parte do dia na qual não consigo ver a esquina. Mantenho o livro aberto e tento desaparecer no meu recuo, esperando que o intervalo termine. As vozes do almoço fundem-se numa vibração caótica ao meu redor.

Estou cochilando involuntariamente quando uma mochila cai ao meu lado. Mike. Esqueci-me de que ele havia dito algo sobre me encontrar para almoçar. Volto ao livro e tento parecer que estou realmente absorto, até perceber que o estou segurando de cabeça para baixo. Mike também percebe, mas puxa um caderno de desenho e não diz nada.

Um conjunto detestável de vozes se sobrepõe ao zunido do almoço, tirando minha atenção do livro de cabeça para baixo. Logan West e Sharif Rahman lideram um grupo formado por meus ex-colegas de time; eles estão abrindo caminho pelo corredor.

Sharif grita para Mike:

— Ei, Liu!

— Rahman — retorna Mike. — O que está rolando?

— Ei, Pike! — grita Logan para mim. Ele levanta o dedo do meio.

Eu desvio o olhar. Se Viv estivesse ali comigo, eu sequer o teria visto.

Não me mexo depois que eles se vão. Mike está distraído desenhando. Ele pega uma barrinha de cereal e começa a mastigar. Não acredito que ele ainda coma essas coisas. Houve uma época em que eu não entrava num jogo sem uma dessas, mas elas têm gosto de serragem de chocolate. Ele inclina-se nas sombras do recuo, mastigando enquanto desenha, e tudo o que consigo fazer é ficar lá com ele sem dizer palavra.

— Olha, Cam — diz ele de repente. — Existe alguma coisa que eu possa fazer?

Eu endireito as costas.

— Estou bem.

Ele larga o lápis e me lança um olhar de soslaio. Do tipo que costumava me dar quando eu fazia uma jogada ruim. Fico tenso e ele percebe.

— É só que... Eu vejo você lá fora, na esquina, o tempo todo. Isso não é saudável, cara.

É isso o que diferencia Mike daqueles outros caras indo embora pelo corredor: ele é o único de quem continuei sendo amigo... que continuou sendo *meu* amigo.

E agora eu o odeio por isso.

— Estou bem. Vou ficar bem — repito.

Mike balança a cabeça. Sua voz fica baixa.

— Você já pensou em talvez desmontar aquelas coisas lá fora? Os bilhetes e tal?

Levanto minha cabeça e faço contato visual com ele pela primeira vez.

Ele me dá uma olhada e começa a recuar.

— Eu só pensei... que talvez não esteja ajudando?

Cerro os dentes. Nós dois vamos nos arrepender se eu abrir a boca agora. Pego minha mochila e sigo pelo corredor. O sinal toca e o espaço ao meu redor se inunda com pessoas me pressionando. Saio empurrando em direção ao meu armário do outro lado do prédio, querendo buscar meu livro de história para o quinto tempo. Quando finalmente chego lá, erro a combinação duas vezes e preciso recitar os números para mim mesmo para acertá-los.

17... 08... 31.

Na terceira tentativa, levanto a trava e meu armário se abre. *História Mundial II* está no topo da pilha de livros ao fundo. Assim que o alcanço, uma enorme mão aparece de repente e bate a porta. Os dedos carnudos ficam espalhados sobre o metal diante do meu rosto. O hálito de batata frita é quente no meu pescoço. Viro-me e encaro as narinas infladas de Logan. Ele me lembra um touro, e eu estou entre ele e uma parede de armários vermelhos. O braço dele bloqueia minha rota de fuga. Ele me encara, a boca cerrada e sem piscar. Seus cabelos loiros são espetados como punhais. Desvio o olhar. Há dois anos, eu poderia ser ele. Há dois meses, eu não teria me importado. Ele ri e cumprimenta Sharif com um *high five* acima de minha cabeça. Eu os assisto ir embora. Logan salta para tocar o teto no meio do corredor. Eles se movimentam através do salão, que vai se esvaziando como se ambos o dominassem.

Abandono meu armário, ignorando o sinal enquanto me encaminho de volta para o corredor. Nem sequer olho para as secretárias no escritório principal enquanto atravesso as portas da frente, para longe da droga da escola.

DOIS

MINHA CASA ESTÁ VAZIA. VAGUEIO PELOS CÔMODOS, SEM SABER ONde quero ficar até perceber que não quero ficar em nenhum lugar. Todos os quartos têm um buraco — onde havia uma cadeira, um aparelho de som, uma pilha de livros, um armário de roupas. Mamãe nunca os preencheu depois que papai foi embora, e acho que não me importei. Mas desde o acidente, tudo que consigo ver são os buracos.

Acabo na cozinha. Abro a geladeira, fico encarando e a fecho. Finalmente leio o bilhete na fruteira, preso junto a um pouco de dinheiro entre uma pera muito mole e uma banana passada. Mamãe não aprendeu a mandar mensagens pelo celular, logo, a fruteira é nosso mensageiro.

> *Cam,*
> *Não se esqueça novamente de sua consulta com a Dra. Summers.*
> *Vou chegar tarde esta noite. Aqui está o dinheiro para a pizza.*
> *Com amor,*
> *Mamãe*

Eu conto o dinheiro e o enfio em meu bolso. Ela nunca mudou o valor. Ainda tem o suficiente para mim e para Viv. Olho para o número da pizzaria pregado na geladeira. Chama-se Pizzaria Emergência e eles realmente entregam pizzas em uma ambulância velha convertida. Viv costumava achar muito divertido. Ela ligava e dizia: *Vocês têm que nos ajudar, precisamos de uma pizza de calabresa URGENTE!*

Nós sempre ríamos da piada idiota, mas tudo de que consigo me lembrar agora é do poste quebrado na esquina e de uma ambulância dirigindo lentamente para longe, com suas luzes apagadas.

Vou para meu quarto, me jogo na cama e durmo.

Sonho com Viv novamente. Sou quase grato por isso. Ela está tão linda, tão despreocupada. Mas desta vez alguma coisa está diferente. Ela ainda está caminhando em minha direção, para longe das chamas... Mas eu não consigo ouvi-la. Está tudo silencioso.

Ela chega a esse lugar ao lado do poste onde sempre para, mas ainda não há som. Eu vejo seus olhos escuros, a luz das chamas dançando nas bochechas dela... E então ouço uma voz. Mas não é a dela. É uma voz metálica.

— Cam? Camden!

Acordo tentando alcançá-la, mas ela não está lá. Estou sozinho em minha cama. Enterro minha cabeça debaixo do travesseiro e abomino tudo, sussurro todas as coisas impossíveis que venho desejando desde aquela noite em agosto. Tudo que consigo é um travesseiro úmido. Quando sinto que meus olhos vão fechar de tão inchados, caminho às cegas para o banheiro e entro debaixo do chuveiro.

Deixo a água fria forçar meus olhos a abrir, adormecendo minha pele até parar de queimar de saudade.

Não percebo que ainda estou de roupa até fechar a torneira.

O consultório da Dra. Summers fica no porão de sua casa de dois andares, a dez quarteirões de distância da minha. Seu Golden Retriever, Lance, me encontra à porta, abanando o rabo. O escritório está equipado com dois sofás de couro incrivelmente macios e uma cadeira giratória. O carpete é bege. Fotos de seu marido e filho enfeitam as paredes.

Logo posso dizer que alguma coisa está acontecendo. A Dra. Summers não se senta na cadeira como sempre. Ela acomoda-se casualmente no outro sofá, repousando o cotovelo no braço. A prancheta está no colo. Os cabelos curtos, aloirados nas pontas, ainda estão presos ordenadamente no lugar, mas os óculos estão ao lado, na mesa, e ela me avalia com olhos cuidadosos.

— Não te vejo há umas duas semanas, Cam. — Seu sorriso permanece. — Como estão as coisas?

— Desculpe, eu me esqueci na semana passada.

Péssima mentira, estou envergonhado. Tenho vindo aqui toda sexta-feira às quatro horas nos últimos dois anos desde que abandonei o time. Desde que meu pai foi embora. Ela sabe como me sinto a respeito dele, sobre o futebol e a respeito das pessoas na escola. Sempre lhe contei a verdade sobre as coisas, mas em todas as semanas dos últimos dois meses tenho contado mentiras. Não *quero* que ela saiba como realmente me sinto sobre Viv.

Quero dizer, ela sabe como eu me sentia antes, mas não posso lhe dizer o que tem passado pela minha cabeça agora. Que minha vida acabou quando Viv se foi. Que o acidente foi minha culpa. Que todo dia eu acordo e me pergunto por que sou eu quem ainda está aqui.

Lance enfia o focinho debaixo da porta e eu olho.

A Dra. Summers nota e o rosto dela se ilumina.

— Sabe, vou quebrar minha própria regra. Vamos deixar Lance entrar, só por hoje.

Antes que eu possa dizer qualquer coisa, ela abre a porta e o cachorro adentra a sala como se tivesse acabado de ganhar um prêmio. Ele acomoda-se aos meus pés, o rabo abanando freneticamente, e encara meu rosto, a língua pendurada. Olho para a Dra. Summers, que voltou para o outro sofá. Ela assente e eu acaricio a cabeça do cão; como eu resistiria com ele me olhando daquele jeito?

— É um bom dia para *você* — sussurro na orelha dele.

A Dra. Summers inclina-se para a frente.

— Mas não é um bom dia para *você*?

Eu me calo, desvio o olhar dela, olho para o cão e reparo como ela juntou perfeitamente as peças.

— Não — digo, derrotado.

— Hoje faz dois meses, não é?

Não digo nada.

— Como você se sente em relação a isso, Cam?

Cerro os dentes. Tenho um punhado de pelo avermelhado de Lance em meus dois punhos. Relaxo as mãos e o acaricio normalmente. Ele olha para mim com enormes olhos castanhos e lambe meu braço.

— Você tem feito muito esforço para *não* falar sobre Viv desde que ela morreu...

Meus olhos ardem. Olho fixamente para o nada e mordo minha bochecha por dentro com força. Nunca chorei aqui e não vai ser agora que vou começar. Tenho quase certeza de que ela sabe que eu vinha mentindo, o que torna a situação ainda pior. Lance rola para ganhar um carinho na barriga.

— Cam — diz ela suavemente: — Estou aqui para ouvir.

Concentro-me em Lance, deslizando os dedos sobre os pelos dourados e macios da barriga. Sinto que ela está me observando, esperando que eu fale. Não aguento.

— Eu tenho tido um sonho... com Viv — conto. Os ombros da Dra. Summers relaxam, e eu sei que isso será suficiente, por enquanto. — Fico tendo sempre o mesmo sonho com ela vindo em minha direção, mas então ela se afasta...

Ela fala o que o sonho pode significar para mim. Eu meio que escuto. É basicamente baboseira de psicanalista, mas preciso parecer interessado ou nunca vou sair daqui. Às cinco horas, estou exausto, mas vale a pena porque a Dra. Summers parece satisfeita quando me leva até a porta.

— Obrigada por compartilhar o sonho comigo, Cam. — Ela aperta meu ombro. — Sei que você está sofrendo muito e é *normal* que se sinta assim... Mas também acho que Viv não iria querer que você ficasse assim para sempre.

Estou acariciando Lance na cabeça, mas minha mão para na orelha dele.

— O que quer dizer?

— Simplesmente que *você* ainda tem muita vida para viver...

— E Viv não? — digo sem rodeios.

A Dra. Summers faz uma pausa

— Não é isso o que quero dizer...

— O quê, então? Você quer que eu a esqueça? — Minha pele pinica.

— Não, nada disso... — responde ela. — Só acho que Viv iria querer o que é melhor...

— Como você sabe o que ela iria querer? Você nem sequer a conheceu!

O cão tenta lamber minha mão, mas eu me afasto e bato a porta atrás de mim. Não consigo acreditar que minha terapeuta tentou colocar palavras na boca de minha namorada morta. Desço a calçada a toda, atravessando um quarteirão, depois outro, mas logo sinto pontadas de dor na minha perna ruim e então meus olhos começam a arder. Reduzo ao meu ritmo normal, tentando me lembrar de como respirar... por conta própria. Não consigo nem imaginar o que fazer, aonde ir. Fecho meus olhos e tento pensar no que Viv iria querer. Se ela estivesse aqui, ela me diria... Eu saberia.

TRÊS

O OUTONO TALVEZ FAÇA UMA APARIÇÃO DEPOIS DE TODO ESTE ANO. Depois de perambular pela cidade por horas, encontro-me na esquina de novo. Queria ter trazido um casaco. São onze horas, quase a hora exata em que tudo aconteceu. A lua está brilhante no céu, iluminando as fotografias de Viv, e eu não consigo desviar meus olhos. É apenas um aglomerado de fotografias revestidas com plástico, mas ali ela parece *viva*. Elas fazem com que ela pareça real, como se estivesse apenas viajando e, quando voltar, tudo terá sido um sonho. Um pesadelo.

Fico na frente do poste, braços cruzados em torno do próprio corpo. Com a sorte que tenho, Reed vai aparecer para me castigar por estar no pátio da escola tarde da noite, mas eu precisava vir. Eu realmente não sei por que dois meses deveriam importar tanto, mas acho que equivale a perguntar por que cada segundo desde aquela noite terrível importa. Há uma grande rocha na beira dos arbustos, onde me sento e fico arrepiado. Se Viv estivesse aqui, nós iríamos dividir um cigarro e colocar nossas mãos dentro da roupa um do outro para nos aquecermos. Eu sorrio com isso, me perco na lembrança da pele dela... Até perceber que se Viv estivesse aqui não *estaríamos* tremendo de frio nessa esquina idiota. Pressiono as palmas das mãos contra os olhos.

Pneus cantam ao longe e eu vejo faróis cruzando a estrada. O carro vira a esquina, ultrapassando o sinal vermelho. Eles entram na pista errada e apontam diretamente para mim. Alguém grita. Eu fecho os olhos. A brisa bate contra meu rosto e a fumaça do cano de descarga corre para dentro do meu nariz...

O carro acelera pela chuva. A luz à frente é verde. Coloco um cigarro entre os lábios dela, mas o Zippo desliza por entre meus dedos, aterrissando em algum lugar perto dos pés dela. Ela tira a mão da minha coxa com um riso exasperado e procura o isqueiro — a luz fica vermelha. Ela pisa no freio, eu agarro o volante — a chuva resvala nas laterais através do para-brisa. Eu nunca cheguei a ouvir o grito dela.

Abro os olhos. As luzes traseiras estão pequenas agora, desaparecendo na estrada. Uma lata de cerveja quica três vezes na calçada e para no meio da rua antes de eu soltar a respiração. Farra de sexta-feira à noite.

Inclino-me contra o poste, escondido na sombra projetada pelo luar. O vento aumenta, alfinetando através das minhas roupas. A rua está vazia agora, mas olho para o local onde o carro desapareceu. Eu estava esperando que fosse acertar o poste e me matar também.

Que diabos há de errado comigo?

Ando de um lado para o outro em frente aos ursos de pelúcia, bilhetes e flores mortas.

Talvez Mike estivesse certo... Talvez eu devesse tirá-los daqui. Um memorial não vai trazê-la de volta. Ou fazer com que o acidente não seja minha culpa.

Meu corpo dói com a lembrança. Estou desesperado para conversar com ela. Ela entenderia como me sinto, ela sempre entendeu. Era como se soubéssemos o que o outro estava pensando: eu completaria as frases dela, ela podia antecipar meus pensamentos. Lembro-me de uma vez no Coffee Haus quando ela me parou na frente do balcão e olhou profundamente em meus olhos. Então virou-se para o barista e disse, muito seriamente: *Um Vanilla Latte e uma rosquinha!*, como se pudesse enxergar dentro da minha mente. Ela preenchia as lacunas, fazia eu me sentir tão completo.

A única pessoa em minha mente agora sou eu mesmo.

— Cam?

Viv?

Paro de andar e olho para trás na direção do poste. Uma nova luz atravessa a escuridão. Semicerro os olhos, esperando ver outro carro, mas não são faróis. Este brilho é diferente.

Não está vindo em minha direção e não está na estrada.

— Cam!

Aquela voz novamente. Eu me viro... e viro de novo.

Não há ninguém ali.

Mas eu ainda vejo a luz. Dou alguns passos para o lado, porque a luz parece estar vindo de trás do poste de madeira. Um incêndio? Aproximo-me rapidamente, mas quando minha calça jeans roça nos arbustos do outro lado, eu congelo. Um por um, os pelos arrepiam-se em minha nuca. Não há chamas.

Uma luz verde brilha atrás do poste.

Há uma garota nela.

Uma garota *através* da qual eu conseguia enxergar.

— Cam!

A pele, as roupas e o cabelo são transparentes e verdes na luz estranha. Vejo folhas dos arbustos balançarem ao vento através do corpo dela.

Fiquei louco.

Meu estômago parece estar digerindo uma bala de canhão, mas olho para o rosto dela, esperando que a forma se torne algo demoníaco e assustador, afinal já vi filmes de terror suficientes para saber que é isso que eu deveria esperar. Ela continua com a forma de uma garota por enquanto, mas está com uma expressão estranha. Há riscos em seu rosto... como se ela estivesse chorando.

Definitivamente *não* é Viv. Não sei quem é.

Entro em pânico, tentando pensar no que fazer. O mais óbvio seria correr... Minha perna esquerda dói com a vontade de sair correndo, mas minha perna direita discorda. A lesão sempre vence. Mas, por enquanto, não parece ser necessário lutar nem fugir.

Ela permanece parada, olhando para mim.

— Cam?

Não tenho certeza de como responder a uma aparição que sabe meu nome, então apenas aceno com a cabeça.

Ela junta e aperta as mãos e limpa o rosto.

— Ai meu Deus.

Então percebo: estou alucinando. Finalmente enlouqueci. Pego o telefone no bolso, pronto para ligar para a

Dra. Summers, mas antes que eu possa pensar em como explicar isto, a garota diz outra coisa que me choca.

— Você... Você é um fantasma?

Hesito e a olho de cima a baixo. Ela ainda está transparente, levemente verde, mas suas roupas parecem bem normais. Está usando botas e uma saia curta com uma jaqueta jeans. O cabelo cai sobre os ombros. Para me certificar, examino meu braço bastante opaco. *Eu* sou um fantasma?

— *Você* é? — pergunto.

Minha alucinação morde o lábio.

Por que eu não tive uma alucinação com Viv?

Então um novo pensamento me ocorre: aquele carro que passou... talvez não tenha desviado a tempo. Será que me atingiu? Eu estou morto? Realizei meu desejo, no fim das contas?

E se eu estou morto, onde está Viv?

O vento sopra meus cabelos, atravessando o tecido da minha camisa. Devo estar alucinando. Estou com muito frio para estar morto. Bato o pé e enfio as mãos nos bolsos. E a garota só fica lá, limpando o rosto, sem falar.

— Eu te fiz uma *pergunta. Você* é um fantasma?

As sobrancelhas da menina se unem, o que é desconcertante, porque ela está entre mim e a escola e eu posso ver a janela da sala de artes através da testa dela.

Os lábios dela tremem. Ela enfia a mão no bolso e estende algo para mim. Dou um passo mais para perto, penso melhor — caso ela *não* faça parte da minha mente — e contraio os olhos. Há um retângulo verde metálico na palma da mão dela. Na frente, em letras maiúsculas, está gravado "*C. P.*"

Um fantasma está segurando o isqueiro que joguei fora naquela manhã.

Puta merda.

— Cam...

— Onde você conseguiu isso? — pergunto num rompante. — Como você sequer sabe meu nome?

O rosto dela se enche de dobras e ela cobre os olhos com as mãos.

Corro. Nem me lembro de minha velha lesão até estar no meio da rua. Tudo em que consigo pensar é *correr* e *fugir*... mas você é capaz de fugir da própria mente? Dores brotam em todos os ossos da minha perna direita, e meus músculos forçam uma parada. Aperto minha mandíbula com tanta força que os tendões do meu pescoço competem em dor com minha perna. Olho para trás, apavorado com a possibilidade de ter a visão de uma menina fantasma descendo a rua atrás de mim.

Mas estou sozinho.

QUATRO

DOIS MESES E UM DIA.

No meio do meu turno no Armazém Smith's sábado, eu me rendo e me permito pensar. Dormir não fez com que a lembrança do que vi fosse embora, e juntar carrinhos de compras é uma péssima distração para meu cérebro. Toda vez que me viro, meio que espero ver a menina e ouvir a voz dela. Talvez eu tivesse me enganado e ela fosse um ser humano normal. Fantasmas não usam jaquetas jeans. Você dificilmente pensaria que ela era um fantasma... Não fosse pela coisa toda da transparência e do verde. Tento manter o foco nos clientes, no estacionamento, mas minha mente fica saltando das filas de carrinhos de plástico para o ocorrido na esquina na noite passada.

Talvez nada disso tenha sido real. Talvez fosse um sonho, apesar de eu estar mancando hoje porque minha perna direita dói, como se eu realmente tivesse corrido de alguma coisa.

Ou eu estou imaginando a dor também?

Eu não estava preparado para o aniversário de dois meses, é isso. Tento esquecer que haverá mais aniversários — de três, quatro, cinco, seis meses, um ano... Uma coisa de cada vez. A Dra. Summers diz que o estresse provoca coisas estranhas nas pessoas. Ela nunca vai me deixar em paz se achar que vejo fantasmas e ouço vozes.

Eu poderia telefonar para papai.

O pensamento me pega tão de surpresa que quase sou atropelado por um carrinho que uma senhora empurra em minha direção. Como se eu e ele pudéssemos sequer ter uma conversa normal.

Puxo meus fones de ouvido até a gola da jaqueta e aumento o volume. Sem letra, apenas sintetizadores, bateria e baixo. Todo mundo que entra e sai do armazém caminha no ritmo do som da bateria nos meus ouvidos. Não, não vou telefonar. Não há nada para dizer. Tive outro sonho confuso com a esquina, como os que venho tendo desde que Viv morreu, foi isso. Não estou enlouquecendo.

Vou mancando para fora em direção aos espaços mais distantes do estacionamento, resgato um carrinho abandonado no meio-fio e o encaixo em outro.

Eu não telefonaria para ele nem mesmo se a garota que eu vi *fosse* um fantasma.

Quando meu turno acaba, não sigo diretamente para casa. Vagueio por Fayetteville sem destino, mas fico longe da esquina e da escola. Minha panturrilha ainda está dolorida, mas andar vai alongá-la. Saio do armazém e desço a First Avenue, passando por todos os restaurantes de *fast-food* e alguns complexos de lojas. Nosso ponto de comida gordurosa local, Fast Break, cheira a batatas fritas, mesmo da rua. Eles estão exibindo *Casablanca* no Chez Artiste — o primeiro lugar onde eu e Viv nos beijamos. Ela arranjou um emprego lá num verão porque era perto do Armazém Smith's. Então me levou escondido para a sala de projeção depois que saí do trabalho e nos empanturramos de pipoca, inventando o diálogo dos filmes estrangeiros em vez de ler as legendas. Ela costumava acariciar minha nuca durante os créditos para me fazer ficar arrepiado, e eu dava beijos sobre o arco das sobrancelhas dela só para ouvi-la suspirar.

Por fim afasto-me dos restaurantes iluminados e das lojas, seguindo pela rua que leva à colina mais alta ao redor, até não haver mais calçamento. A torre de água está lá, como uma sentinela sobre a cidade. Seu grande cilindro cinza não é um destino em si, embora haja vários grafites coloridos em torno de sua base dizendo quem esteve ali e quando. O lote de terra logo abaixo é a verdadeira atração. Se você dirigir até lá durante o pôr do sol, verá um céu espetacular — não que alguém passe muito tempo admirando a vista de fato. Viv e eu já viemos algumas vezes no carrinho azul dela. É um lugar onde ninguém nos incomodava, porque tinham coisas melhores para fazer.

Paro de repente quando chego à beira do lote. Fica bem cheio nos sábados à noite. A música pulsa na escuridão de vários veículos. A maioria das janelas está fechada, mas de vez em quando escuto um murmúrio, um riso... Duas vozes em cada carro.

Eu não tenho o direito de estar aqui.

Sinto como se meus pulmões estivessem cheios de areia movediça. Sem Viv, sou um cara bizarro espreitando os carros de outras pessoas enquanto elas ficam se pegando. Eu não posso fazer isso, não me lembro de como é sair da cama, viver minha vida, *respirar.* Escuto as risadas, as conversas, e imagino as coisas suspiradas baixinho demais para serem ouvidas. Coisas que eu costumava ter, que de alguma forma faziam com que eu me sentisse completo.

Alguma coisa raspa no meu pescoço e eu quase caio para trás de um barranco. Apalpo atrás da cabeça, girando ao redor várias vezes à procura de fantasmas, na esperança de que seja Viv. Mas não há nada. Dou um passo para trás até onde estava, embaixo de um galho baixo. As pontas dos galhos nus alcançam meu pescoço. Eu os quebro, puxo o galho até ele entortar e dobrar, mas ele está vivo e não se entrega.

A casa está silenciosa. Deito na cama com os olhos fechados, mas a luz do sol avança sobre meu travesseiro. Sento, coloco minha perna direita na cama e esfrego a cicatriz que vai do topo da coxa até o joelho. Ela ainda lateja. Fecho os olhos e tento me lembrar se sonhei, mas se sim, felizmente esqueci. Estou começando a ponderar o que é pior: a parte da minha vida que passo acordado ou a parte que passo tendo pesadelos. . . ou talvez a parte na qual não consigo distinguir um do outro. Olho em volta para minhas paredes nuas, para a pilha de roupas ao lado da cama. Minha escrivaninha ainda está uma bagunça, a cadeira ainda os derrubada desde a noite passada. Mas não há mais *ninguém* aqui — real, imaginário ou morto.

O jornal está espalhado por todo o balcão da cozinha. Os pratos estão começando a se acumular na pia e a máquina de lavar louças está apitando, apesar de não ser usada desde a semana anterior. Eu a abro, fecho e o apito para.

Há um novo bilhete na fruteira.

Cam,
Julgamento segunda-feira. Vou trabalhar durante todo o fim de semana.
Estarei no escritório se precisar de mim.
Desculpa! Saudades. Beijos.
Amor,
Mamãe

Largo o bilhete de volta na fruteira. Advogados sempre trabalham *mais* nos fins de semana, especialmente advogados divorciados com filhos. Despejo um pouco de sobra de café em uma caneca, coloco no micro-ondas por trinta segundos e bebo, puro, enquanto olho a seção de negócios do jornal. É melhor que a seção de esportes, e eu não leio a primeira página... Bem, desde agosto.

Meu estômago ronca. Abro um armário e pego uma caixa de cereal e uma de nossas tigelas avulsas. Metade delas já se foi, assim como metade de nossos pratos, metade de nossos talheres, metade de nossos copos. Papai devia ter pegado todos; mamãe e eu quase não comemos mais em casa.

Pego o telefone da cozinha e disco o número dele para repreendê-lo.

Toca duas vezes...

— Alô?

Arranco o telefone do ouvido e o seguro à distância de um braço, chocado por ele ter *atendido* — o que eu ia dizer? Nos milésimos de segundo que se passaram, eu o ouvi respirando, esperando...

— Cam? Filho, você está aí?

Aperto o bocal do telefone; quero sufocá-lo.

Bato o telefone no gancho, fico encarando-o e repito o gesto, batendo plástico contra plástico sem parar até um pedaço dele se soltar. Largo o aparelho e a base oscila contra a parede até começar a apitar para avisar que está fora do gancho.

Encosto-me no balcão e olho para o plástico quebrado no chão.

Minha perna dói.

Se Viv estivesse aqui, ia fazer isso tudo passar.

Ou pelo menos saberia o que dizer.

Tenho que voltar para a esquina. Hoje à noite. Se há alguma chance de eu vê-la novamente, é isso que farei. Eu *vi* um fantasma, não há outra explicação. E mesmo que não fosse Viv — existem muitas pessoas mortas — ela teria de estar lá também. Porque se não estiver...

O universo simplesmente não *faria* isso comigo.

CINCO

ESTOU NA ESQUINA DA RUA, NO MEMORIAL, E NÃO HÁ ESTRELAS.

Viv sorri de suas fotos para mim.

Caminho por metade do quarteirão e volto, em ambos os sentidos. Ninguém está lá.

Nada acontece.

O ar finalmente está começando a ficar com aquela textura fresca de outono, além de frio. Pelo menos desta vez eu trouxe um casaco. Sento-me em uma pedra e sopro minhas mãos, ansioso por um cigarro. Há um maço em meu bolso, mas não o pego. Acho que eu poderia procurar por fantasmas em qualquer lugar, mas a única vez que vi um, eu estava ali. Queria ter prestado mais atenção a esses programas de caça-fantasmas aos quais Viv sempre queria assistir. *Precisamos estar preparados, Cam,* diria ela. *E se um dia precisarmos capturar um?* Engulo em seco e tento me lembrar de qualquer episódio no qual as pessoas realmente fizeram contato com o sobrenatural, mas parece que tudo que acontecia eram luzes acendendo e apagando e gravações de áudio crepitando. Eu não me lembro de nenhuma aparição surgindo diante das câmeras e falando.

Mas sei o que vi na outra noite. Por que não poderia ter sido *Viv*?

Eu me levanto, caminho, espreito ao redor do poste.

Nada.

Sinto-me um pouco patético, desesperado, mas de alguma forma perto dela.

Então um som fraco atinge meus ouvidos. Eu me esforço para ouvir. É suave no início, mas vai ficando mais nítido, como se estivesse se aproximando. É dissonante, mas o tom é, sem sombra de dúvidas, humano. Soa como se alguém estivesse...

Chorando?

Em três passos atravesso a calçada, passo pelo memorial e chego aos arbustos, onde o som é mais alto, e me pergunto se eu deveria correr novamente. Há um brilho verde atrás do poste, onde não havia *nada* antes.

Até a menina se mostrar.

A luz se intensifica e é impossível não olhar quando ela limpa uma lágrima de sua bochecha transparente.

Ela me analisa com o mesmo olhar assombrado da noite anterior e sustenta meu olhar um segundo além. Eu tenho que desviar o olhar. A menina fantasma envolve um braço ao redor da cintura e cobre a boca com o outro, abafando um barulho que parece ecoar, como alguém soluçando ao longe.

— Há mais alguém aí com você?

Ela parece confusa.

— O quê?

— Tem *mais* alguém aí? — Minha pele está fria e suada.

Ela se agita desconfortavelmente.

— Não está me reconhecendo?

Percorro minha mente várias vezes, mas não me vem nada. Os cabelos dela são longos e lisos, mas a cor é simplesmente um verde mais escuro do que o da pele. Ela é pequena, curvilínea, mas não é Viv. Acho que eu me lembraria daquela menina, de seu rosto, olhos enormes e escuros, porém suaves mesmo com maquiagem pesada. Ela tem um nariz pequeno e arrebitado, e uma boca saliente que parece que ficaria bonita caso ela sorrisse.

Eu nunca tinha visto aquela garota.

Balanço a cabeça.

Os olhos dela desanimam; as mãos caem nas laterais do corpo.

Sinto como se estivesse faltando alguma peça do grande quebra-cabeça. Se ela é um fantasma, deve haver alguma razão para eu a estar vendo em vez de ver Viv.

A não ser que isso seja algum tipo de piada...

A menina continua se remexendo, esfregando algo na palma da mão, então eu vejo o que é.

O isqueiro foi um presente de aniversário de Viv, e eu *odeio* o jeito como esta menina estranha o segura, como se ela possuísse uma parte de mim. Como se ele pertencesse a ela. A raiva cresce em meu peito. Pego o isqueiro antes que consiga sequer pensar em como ela poderia estar segurando-o e vejo minha própria mão *ficar verde* diante de mim. Meus dedos a tocam — é sólida, quente — e eu os puxo de volta. Minha boca está aberta. Não sai nenhum som.

Levanto minha mão. Parece normal novamente.

Mas formiga onde nos tocamos.

Ela está olhando para a própria mão também. Posso ver o branco de seus olhos, tingido de verde, arregalados.

Recuo rapidamente.

— Cam, espere!

Meu calcanhar bate numa rocha, e quando meu traseiro atinge o chão, meu coração quase para, mas levanto em um segundo. Vou até o meio do asfalto vazio, olho para trás e paro.

Ela segura meu isqueiro prateado-tingido-de-verde na palma da mão estendida, como se o estivesse oferecendo a mim. Isso não pode estar acontecendo — eu *não* vou voltar lá. Não quero ir para nenhum lugar que seja perto dessa menina. Mas é o *meu* isqueiro...

Viv me deu.

O rosto da menina está ilegível, e tudo em que consigo pensar é nos mitos gregos da aula de Filosofia, Letras clássicas e História do ano passado, onde os homens são vítimas de monstros em forma feminina. Acho que é isso que estaria acontecendo comigo agora caso o monstro tivesse pensado em aparecer como Viv.

Ela estende a mão ainda mais. O Zippo parece grande na palma pequena e o metal está sinistramente verde. Minhas iniciais são familiares na caligrafia quadrada e elegante.

Engulo em seco e ando na direção dela, hesitando e alcançando a luz. Cada nervo da minha mão está formigando, mas pego o isqueiro, o aperto... E consigo respirar. Uma fragrância fresca primaveril chega até mim, como o perfume de Viv, e eu quase posso sentir a seda quente que é a pele dela. Fecho meus olhos.

— Cam, senti saudades...

Viv?

Minha pele formiga quando nos tocamos, e eu sei que ela sente isso também. Tem que ser ela... não é? Não quero abrir os olhos. Quero repousar meus lábios na pele macia abaixo do pulso, ir subindo pelo braço até chegar à boca e me derreter num beijo sem fim.

Mas ela me puxa para a frente.

— Volte — sussurra ela.

Abro meus olhos e ela *não* é Viv. Duas mãos pequenas e desconhecidas envolvem a minha e eu consigo ver através das três. A menina fantasma está me puxando em sua direção, gentilmente, porém firme. Minha mão e meu braço estão verdes até a altura do cotovelo. A estranha translucidez se arrasta até meu ombro, em meu peito, e parece eletricidade sob minha pele. Olho para baixo, vejo meu corpo todo verde e penso: estou pronto. Vou me entregar para seja lá o que isso for.

Estou prestes a fechar meus olhos de novo quando vislumbro o rosto de Viv numa foto à minha esquerda. As cores estão desbotadas e amarronzadas contra o poste de madeira sólida — em contraste à luz verde brilhante. A expressão dela parece dizer *Não me deixe.*

Abro os olhos. Desvencilho-me e enterro meus calcanhares no chão.

— Não. — A menina hesita e eu volto a ver o pânico nos olhos dela. Abro minha mão para me livrar dela, mas ela não me larga.

O monstro me pegou.

Empurro o mais forte que posso. Minhas mãos atingem os ombros dela, e ela cai. Eu não bato em ninguém tão forte assim desde o futebol. Por um momento excruciante acho que não serei capaz de me livrar da luz verde. Mas eu vejo as fotos, vejo Viv, e é como se ela me guiasse para a salvação. Meu corpo todo está sibilando. Seguro no poste, pressiono meu rosto contra a foto dela assim que me vejo em segurança, rezando para que a energia saia da minha pele. Quando sua intensidade diminui o suficiente a ponto de eu não ter mais medo de me mexer, desabo no chão. Rastejo pela calçada até estar longe o suficiente e vomito nos arbustos.

SEIS

SE EU NÃO COLOCAR MINHA CABEÇA NO LUGAR LOGO, ESTOU FERRAdo. Decidi que a melhor coisa a fazer é agir normalmente, fingir que nada daquilo aconteceu. Vou pedir horas extras no armazém à noite para não ficar muito tempo sozinho; talvez eu comece a prestar atenção às aulas novamente e a fazer a lição de casa. Eu nunca vi *fantasmas* enquanto estava cercado por pessoas na escola... Esfrego a pele no lugar onde ela me tocou e estremeço. Seja lá o que essa menina for, ela não estava tentando me ajudar a encontrar Viv.

Se eu tentar explicar o que aconteceu na esquina para a Dra. Summers, ela provavelmente vai chamar de "gatilho do trauma." Ela já mencionou antes que lugares associados a eventos ruins podem deixar as pessoas malucas ou algo assim.

Só eu *sei* o que vi.

Então tenho até quatro da tarde de sexta-feira — minha próxima sessão com a terapeuta — para ficar sob controle.

O que significa que não vou mais à esquina e não verei mais meninas transparentes.

Perambulo entre os carros no estacionamento com a cabeça erguida. Hoje é o primeiro dia do ano no qual mal posso esperar para chegar à escola. As pessoas batem as portas ao meu redor e eu as ouço reclamar das festas que não deram certo no fim de semana e das provas que terão essa semana.

Eles soam tão *normais.*

Enquanto os anúncios de segunda-feira são feitos, olho para minha mesa. Algo sobre um fundo que está sendo arrecadado para o Modelo ONU, novos itens legais em promoção na loja da escola e um evento esportivo obrigatório na sexta-feira à tarde. Eu sempre me perguntei como eles se safam dizendo que é *obrigatório.* Como podem te obrigar a segurar um pom-pom acima da cabeça?

Todos devem usar vermelho e branco pelo time! Vai Rams!

Tem um motivo para minha terapia ser às sextas-feiras.

Pego um atalho por um corredor que passa pelo ginásio, tentando uma vez na vida chegar a tempo na aula de trigonometria. Evito esses lugares em particular quando posso, e minha perna me livra das aulas de educação física, mas os ladrilhos familiares do lado de fora dos vestiários e o cheiro de suor dos equipamentos atléticos encharcados bombardeiam meus sentidos agora. Recebo uma explosão de endorfina e tenho que me lembrar de que meus tempos de jogador acabaram.

Prendo minha respiração enquanto passo pelas portas do vestiário, com suas dobradiças balançando e rangendo enquanto os garotos entram e saem. Estou quase livre deles, pronto para tomar um gole do ar insípido do restante do colégio quando alguém chama meu nome.

— Pike!

Paro, deixando minha respiração sair entre dentes.

— Sim, Treinad... Sr. Reed?

— Posso falar com você um segundo?

— Vou me atrasar para a aula de trigonometria — digo.

— Eu faço uma autorização. Só vai levar um minuto.

Ele está apontando para o escritório de atletismo que a maioria dos treinadores divide, ao contrário do dele de vice-diretor, que usa durante o dia. Não que isso faça diferença para mim. Entro no escritório vazio.

Reed fecha a porta atrás de mim e fica atrás da mesa. Está usando um terno cinza e uma gravata azul, que o faz parecer membro do escritório dos treinadores tanto quanto eu. Instintivamente, meus olhos vagueiam por todos os cantos da sala. Vejo a prateleira que está sempre repleta de equipamentos sem pares e quebrados. Uma caixa com uniformes novinhos está aberta no chão. Parece que as meninas do vôlei ganharam a discussão de orçamento deste ano.

Na parede atrás de Reed fica a prateleira de troféus. Está um pouco mais lotada do que da última vez que estive ali, sustentando prêmios grandes de bronze relativos a tudo, desde natação, passando por basquete, até golfe, de várias décadas. Meu olhar é atraído para uma enorme fotografia emoldurada em um dos lados. Engulo em seco, captando as familiares camisas vermelhas do primeiro ano, o primeiro ano que jogamos o Estadual. Eu já havia jogado no time do colégio no ensino médio, mas a nona série foi o ano em que Andy Lowery machucou o ombro no primeiro jogo. O outro zagueiro do time tinha se mudado durante o verão, então eu e Logan fomos convocados. Ele ganhou alguns jogos — eu ganhei todos.

Há um troféu de tênis na frente da foto, mas quando inclino a cabeça para o lado, consigo ver e me lembro. Andy está em pé, na fileira de trás, segurando meu braço. Logan está ajoelhado em primeiro plano exibindo uma carranca familiar.

Escuto minha circulação rugindo por meus ouvidos. Reed aponta para a cadeira e eu sento firmemente, tentando controlar a adrenalina. Sinto como se estivesse prestes a entrar em campo.

— Como vão as coisas, Cam?

A voz dele me traz de volta à sala. Esfrego meu joelho direito.

— Tudo bem.

Ele hesita e se senta à minha frente.

— Olha, eu sei que não sou mais seu treinador, mas estes dois últimos meses têm sido difíceis para todos nós desde que Viv... desde que a Srta. Hayward...

Cerro os dentes. Se *eu* tivesse morrido, ele estaria dizendo estas mesmas coisas para ela?

— Eu vou ficar bem — consigo dizer.

Ele franze a testa.

— Você já me disse isso.

Olho para a caixa com as camisas de vôlei.

— Eu só não consigo deixar de pensar... — continua ele — que depois que você quebrou a perna...

— Eu fiquei bem também — digo da forma mais equilibrada possível. — Olha, isso é a respeito do que aconteceu há dois meses ou há dois anos?

Ele dá um puxão na gravata, posicionada no mesmo lugar onde o apito ficaria pendurado durante os treinos.

— É sobre *você*. Hoje. Agora.

— E já disse, eu estou *bem*.

— Eu engoli essa antes, Camden. Mas sua namorada não está aqui para te levantar neste momento.

Olho para cima.

— O que isso quer dizer?

O rosto dele enrubesce.

— Existe algum problema, Sr. Reed? Eu vou às aulas, entrego as tarefas; não estou fazendo nada de errado.

Eu não estou fazendo muito, mas ainda conseguiria me formar.

— Não, você está certo. Suas notas são passáveis — diz ele, batendo uma caneta na escrivaninha entre as mãos. Ele a coloca em repouso e senta em sua cadeira. — Eu só te chamei aqui porque estou preocupado. Quando você deixou a equipe após sua lesão, excluiu todo mundo da sua vida, exceto Viv, mas agora... — Ele se interrompe. Ninguém nunca quer dizer que *ela está morta* em voz alta. — Eu só... não quero vê-lo desistir como fez.

Nossos olhares se encontram.

— Aprecio sua preocupação, Sr. Reed, mas eu *já* tenho um terapeuta. — Levanto-me da cadeira. — Você poderia me dar aquela autorização para a aula de trigonometria?

Meu coração bate forte quando saio do escritório, mas ignoro, fazendo uma anotação mental para nunca mais chegar perto do ginásio novamente. A porta do vestiário masculino abre enquanto passo, apressado, quase me atingindo no rosto.

— Cuidado — digo.

— Não, cuidado *você*, Pike. — Logan me empurra contra a parede. — Por que diabos você estava lá conversando com o treinador?

Meu cotovelo palpita no lugar onde bateu no azulejo.

— O que você tem a ver com isso?

Fazemos cara feia um para o outro. Espero para ver se ele vai me bater ou não.

Ele fala entre dentes.

— Eu vi você com ele outro dia também, na esquina.

— E daí?

— Então... — Ele cospe. — Eles nunca vão deixá-lo voltar para o time.

Voltar para o time?

— Que diabos você está falando?

Ele se inclina mais para perto.

— Todo mundo sabe que ela morreu por sua culpa.

O calor desliza da minha cabeça até os punhos. Eu me preparo para atacá-lo, mas ele prevê meu movimento. Meus ombros acertam a parede com força, presos sob as mãos de Logan. Ele me mantém lá, cravando seus dedos em minha pele, me olhando como se quisesse esmagar meu crânio.

— Se ela tivesse ficado comigo, provavelmente ainda estaria viva.

Eu o encaro, mas nós dois sabemos que é verdade.

Ele me solta abruptamente e vai embora pelo corredor.

Quando chego em casa, jogo minha mochila no sofá. Tudo que quero fazer é fechar as cortinas e cair na cama... mas estou com medo. Talvez quanto mais cansado estiver, menos meu cérebro tentará sonhar. Resolvo ligar para o armazém e peço um turno extra, mas estremeço ao ver o telefone quebrado no balcão perto da fruteira, e o bilhete que está nela:

Cam,
Vamos conversar sobre isso quando eu chegar em casa.
Com amor,
Mamãe

Eu viro o papel e começo a rabiscar uma resposta:

Mãe...

Várias desculpas percorrem minha mente:

O telefone caiu da parede.
Não se preocupe, eu o quebrei por causa do meu pai, não de você.
Na verdade, para começo de conversa, se você estivesse sempre por perto, talvez ele não tivesse te abandonado.

Largo a caneta, deixando o papel em branco.

Olho para o relógio. Com alguma sorte, eu é que estarei no trabalho quando ela chegar em casa. Procuro pela minha mochila para pegar meu celular e ligar para o armazém.

Só que eu tenho seis chamadas não atendidas, de dois números que não reconheço.

Escuto uma batida vindo da porta da frente.

Fecho o celular, esforçando-me para ouvir. Deve ser um advogado. Talvez os mórmons. Tenho medo do que poderia dizer a alguém pregando a palavra de Deus hoje, então rastejo em direção à porta e aguço a audição, esperando que eles vão embora.

Batem novamente. Mais forte.

— Merda.

Deus deve ter ouvido isso, porque quem quer que estivesse lá fora, começa a socar a porta.

Eu a abro tão depressa que tenho que me desviar de um pequeno punho.

Meu queixo cai.

Olhando para cima, no degrau da frente, com os olhos cheios de lágrimas, está a menina da esquina.

Ela não está transparente. Ela não está verde.

Ela é real.

SETE

ELA DESPENCA CONTRA O BATENTE DA PORTA.

— Ah, graças a Deus você ainda mora aqui. — Ela passa as costas da mão no rosto. — Fui para minha casa. Só que não era minha casa...

Ela está ali — à minha porta. Meu estômago está vazio, mas estou pronto para vomitar. Ela se estica um pouco, comprime os lábios e me olha com expectativa. Tudo que consigo fazer é ficar encarando.

Ela é uma garota de verdade, com uma cor de pele normal. Seu casaco é cinza e a saia abaixo dele, azul-escura. Seu cabelo é de um cobre homogêneo e brilhante. Os olhos são castanhos, não verdes, e há sardas no nariz. Ela não é muito alta.

— Eu te *conheço*? — pergunto.

— Por favor, Cam, você tem que me deixar entrar.

Examino a rua atrás dela, sem ter certeza do que estou procurando. Alguém escondido atrás dos arbustos, rindo? Então eu compreendo.

Logan.

— Quem falou para você fazer isso? — questiono.

— Ninguém...

Fecho meus punhos.

— Uma brincadeira de mau gosto, não acha?

— Não seja maluco...

Fico vermelho de raiva.

— Foi o Logan, não foi? Eu sei que foi o Logan...

— É culpa sua eu estar presa aqui, *você* me empurrou!

Eu fico sem ar. Ela está tocando o ombro onde eu a bati na noite anterior.

— Olha, eu só quero voltar para casa — diz ela.

Há olheiras sob os olhos dela. O cabelo está emaranhado, mas ela agarra o batente da porta como se talvez fosse arrancá-lo para entrar na casa. Fecho a boca e me afasto. Ela entra. Eu dou mais uma olhadela desconfiada para a rua. Não há razão para continuar com isso de onde eles possam assistir. . . ou gravar.

Fecho a porta.

— O que aconteceu neste lugar? — murmura ela.

— O quê?

— Nada — diz ela rapidamente, mas não para de olhar a sala. Avalia os móveis e prateleiras. Neste instante percebo que nossas duas plantas estão mortas.

Ela começa pelo corredor em direção ao meu quarto, como se estivesse hipnotizada ou algo assim, meio flutuante, meio cambaleante. Sequer olha para mim, só passa como se eu nem mesmo estivesse lá. Como se soubesse exatamente para onde ir. Eu vou atrás dela.

— Ei, você não pode...

Ela para em frente à porta entreaberta e fecha os olhos. Eu a ultrapasso e fecho a porta. O ruído ecoa alto pelo corredor e eu fico feliz com o barulho, porque estou pronto para gritar. Aperto a maçaneta.

— Está tudo tão errado — diz ela. — Em todos os lugares.

O corredor está escuro e estranho, com nós dois de pé diante da porta do meu quarto. Eu solto a maçaneta.

— Quem diabos *é* você?

Ela não diz nada. Tem de estar mancomunada com Logan, não existe outra explicação. Ela definitivamente não é um fantasma. Esfrego minha testa, exausto, mas ela parece prestes a desmaiar.

— Eu poderia... — Sua voz oscila. — Você poderia me dar um copo d'água?

O único gelo no freezer está cristalizado e grudado a um saco velho de ervilhas. Encho um copo com água fria da pia e o coloco na frente dela.

— Obrigada — agradece ela, deslizando em um banquinho ao balcão.

Eu me pergunto qual escola ela frequenta, como ele a conhece. Espero até que ela beba metade do copo antes de dizer alguma coisa. Ela o coloca sobre o balcão. Seus olhos estão calmos agora, as pupilas não tão dilatadas. Ela provavelmente ensaiou isso.

— Está melhor? — pergunto.

Ela não responde, mas parece triste. Belo toque. Eu me inclino contra a parede onde o telefone costumava ficar. Ela não vai me encarar — ela não pode ser tão boa. Começa a perguntar algo e então para.

— O quê? — pergunto.

Ela balança a cabeça.

— O que você ia dizer?

Ela contrai os lábios, e eu a observo enquanto ela examina o chão. Eu me pergunto como Logan conseguiu fazer com que ela parecesse transparente. Ou será que minha própria mente proporcionou esse detalhe extrassensorial? Cerro a mandíbula. As mãos dela estão claramente concretas agora. Não atravessam o copo de água, mas toda vez que ela se mexe, eu ainda espero que comece a brilhar ou algo assim.

Eu espanto essa ideia.

— Então... ele te pagou para fazer isso?

— Eu te disse que isso não é uma piada. — Ela fecha os olhos. — Gostaria que fosse.

Dou uma bufada.

— Você é realmente um fantasma?

— *Eu não sou* um fantasma. — Ela engasga.

— Então o que você é?

— Eu estou viva. — Ela morde o lábio inferior, pensando. — Mas acho que estou no lugar errado.

Eu cruzo os braços.

— E de alguma forma isso é culpa minha?

— Sim.

Ela se mexe com rigidez, como se estivesse desconfortável, e me lembro de como a empurrei com força. Eu me dou conta de que ela provavelmente está dolorida e machucada, e que *isso* é culpa minha. Minha nuca esquenta. Mas eu achava que ela era um fantasma!

— O que você quis dizer... com estar no lugar errado? — pergunto.

Ela tira o cabelo do rosto com a mão trêmula.

— Eu não notei nada de diferente no início. Demorei uma eternidade só para recuperar o fôlego e sair dos arbustos depois que você me empurrou. — Ela olha para mim e engole. — Mas quando tentei ir para casa ontem à noite, havia outra família morando na minha casa... E não é só isso. Já eram duas da manhã, mas eu fui para a casa da minha amiga e o pai dela *me expulsou* do quintal... Eu conheço o Sr. Caccione desde que tinha 10 anos! — A voz dela aumenta de tom. — Passei a noite bebendo café no McDonald's, ligando do telefone público para todo mundo em quem conseguia pensar, mas todos desligaram na minha cara ou não atenderam. — Ela pega o copo vazio e o observa. — Quando tentei ir à escola esta manhã, a secretaria nunca tinha ouvido falar de mim... Então quando vi você, te segui até sua casa. Só que aqui está tudo errado também!

O vidro escorrega dos dedos dela e quebra de maneira impressionante por todo o chão.

— Oh! Desculpe!

Eu vejo um fragmento rodar através do azulejo e patinar até parar contra a parede. Ela desce do banquinho, tentando apanhar os cacos. Eu estico a mão para tocar no ombro dela, mas paro. Eu não quero tocar nela.

— Eu limpo isso mais tarde.

Ela olha para minha mão que ainda paira e recua para longe. Ela senta-se na banqueta e se abraça.

— Ou todo mundo está fazendo uma brincadeira cruel comigo ou...

— Uma brincadeira cruel com *você*? — questiono.

Ela balança a cabeça, lágrimas escorrendo pelo rosto.

— É como se... eu não existisse.

Aquela garota poderia ganhar o Oscar.

— Sim, bem, eu nunca vi você antes.

Ela bate a mão em cima da mesa.

— Meu nome é Nina Larson! Eu frequento o Colégio Fowler! Eu moro na Genesee Street número vinte e seis com minha tia idiota e meu irmão mais novo que *precisa* de mim! — A voz se desmancha e ela cobre o rosto com as mãos. — Você precisa me ajudar, Cam.

Minha pele se arrepia quando ela diz meu nome.

Apoio minha cabeça na mão e entro em conflito. Não se entregue à brincadeira, não caia nessa. Eu teria me certificado de que ela estava bem se eu a tivesse visto machucada nos arbustos na noite passada — se eu soubesse que ela era ao menos real. Mas ela é uma atriz e está tentando fazer com que eu me sinta mal... A expressão e as lágrimas são convincentes. Ele provavelmente a contratou apenas por suas expressões trágicas. Ou talvez...

Será que Logan está sacaneando ela também?

Não, isso é exagerado, mesmo para ele. Ela tem que estar envolvida nisso. Eu deveria testá-la, ver se consigo achar uma falha na história. Esgoto meu cérebro atrás de cada livro de ficção científica, história, filme ou programa de TV estranho que já tenha visto. Lembro-me de um programa de TV sobre encontros estranhos em que um caçador dizia que estava na floresta, quando um homem aparecia do nada, andando por entre as árvores e depois desaparecia novamente. Ele estava vestindo um uniforme da Guerra Revolucionária Americana.

— De que época você é? — pergunto corajosamente.

Ela aponta para o jornal do dia espalhado sobre a mesa.

— A mesma de hoje. Eu pensei nisso. Eu *não* sou uma viajante do tempo. — Ela se concentra atentamente no jornal à sua frente e depois olha para mim. — Mas acho que sei... como voltar.

— Então por que você não faz isso?

Ela rasga a borda do jornal, transformando a margem em tiras ordenadas.

— Eu tentei. Voltei para a esquina durante o dia de hoje. Pensei... já que foi aqui onde tudo aconteceu... talvez haja um caminho de volta. Mas não consegui encontrar nada.

Aí está.

— Então Logan mandou você aqui para me atrair de volta para a esquina. O que ele planeja? Será que ele convidou a escola toda para ir lá rir de mim e me chamar de louco? Para certificar-se de que não tentarei voltar para o time?

Ela me olha diretamente nos olhos.

— Minha pele formigou quando nos tocamos na noite passada.

O que quer que eu fosse dizer em seguida, morreu em meus lábios. Fecho o punho da mesma mão que ela agarrou ontem. Quase posso sentir a eletricidade ainda dançando sob a minha pele. Como Logan poderia ter orquestrado *isso*?

— Você sentiu isso também?

Ela contorce o rosto e assente.

— Isso me fez pensar que... talvez eu precise de *você* para voltar.

— Não.

— Você me empurrou.

— De jeito nenhum.

— E eu acabei aqui...

— Eu não posso...

Ela desliza para sair do banquinho e vem até mim, desesperada.

— Talvez se a gente tentar a mesma coisa de novo, eu volte!

Eu me desvencilho dela.

— Eu não vou voltar lá com você!

Esfrego os olhos e a encaro; ela parece um animal assustado, embora ainda esteja sentada na minha cozinha como se não fosse novidade. Logan não pode me fazer parecer idiota se eu souber o que ele está armando... Mas alguma coisa ainda me incomoda lá no fundo.

Um formigamento sob minha pele.

Quando chegamos ao colégio Fowler, fica óbvio que teremos que esperar até o anoitecer. O clima está frio, porém claro, e o campus está repleto de atividades. A equipe de atletismo dá voltas em torno do quarteirão, passando em corrida várias vezes pelo memorial de Viv. Um grupo de skatistas faz manobras no estacionamento. Eu não olho para o campo de atletismo.

Como estou exausto e a menina fantasma parece pronta para conseguir voltar para o lugar de onde veio, compro para nós uma xícara de café no posto de gasolina na descida do quarteirão. Apoio contra o ponto de ônibus. Ela se senta. Nenhum de nós fala muito. Não consigo evitar olhar para ela. As bochechas estão rosadas por causa do frio, o que gera um contraste meio estranho com a cor dos cabelos dela. Não tão atraente quanto era Viv, com seus olhos escuros e cachos, mas bonita o bastante na sua própria maneira. Eu giro meu Zippo nos dedos e penso em acender um cigarro, mas não o faço. Um ônibus para e a porta se abre. Quando nenhum de nós se mexe, o motorista nos dá uma olhada que provavelmente resume sua segunda-feira e segue em frente.

— Isso significa muito para você? — pergunta ela.

Sigo seu olhar em direção ao isqueiro em minha mão.

— É que você fica olhando para ele — diz ela. — Mas você não fuma.

— Eu pensei que o tivesse perdido — murmuro.

— Quando cheguei à esquina outro dia, ele brilhou entre os arbustos. — A voz dela se anima. — Eu nunca teria visto você se não tivesse olhado para ver de onde o reflexo vinha.

Reviro os olhos e coloco o Zippo de volta no bolso. Estou farto de ouvir as histórias dela.

Ela olha para o próprio colo.

A essa hora todos já foram embora dirigindo ou buscados por seus pais; está escuro. Atravessamos a rua lado a lado e eu me assusto com os faróis de um carro movendo-se lentamente. A luz passa por nós dois. A garota aperta os olhos e se aproxima de mim. Tento não me afastar. A rua fica escura novamente. A esquina do campus parece estar deserta em comparação a meia hora atrás, mas estou secretamente aliviado. Se isso for uma armação, não haverá muitas testemunhas.

Passamos pelo memorial. Fotos de Viv, bilhetes e bichos de pelúcia. Ela desacelera quando chegamos ao poste, prolongando-se nas fotografias.

— O que foi? — pergunto.

— Nada, é só que... — Ela balança a cabeça. — Eu a conhecia.

— *Você* conhecia Viv?

Paro e me calo. Isso também faz parte da encenação? Será que ela ousaria levar isso tão longe? Ou se é verdade... Como é que elas se conheceram? Eu sabia tudo sobre Viv. Como isso poderia ter me escapado?

Ela olha mais atentamente para os bilhetes.

— Foi um acidente de carro?

Não consigo desbloquear meu maxilar. Meus dentes estão fortemente apertados. Consigo balançar positivamente a cabeça, mas acho que o gesto se parece mais com um calafrio.

— Sinto muito — sussurra ela, desviando o olhar.

Estamos de pé sob a luz da rua, que está piscando. Está escuro na base do poste e nos arbustos. Não há luzes verdes estranhas em lugar nenhum.

— E agora? — digo por entre os dentes, olhando em volta, procurando por Logan. Eu só quero me livrar logo dessa droga.

Ela respira fundo, caminha em direção aos arbustos e começa a movimentar-se, agitando os braços de forma aleatória. Continua escuro e ela continua ali. Se não é uma atriz, talvez seja louca. Eu me pergunto se ela não iria gostar de uma consulta com a Dra. Summers. Ela dá um passo para trás, se afastando dos arbustos.

— Ainda não está funcionando. — Ela olha ao redor, como se estivesse procurando algo que não tenha percebido. Então engole com força e gagueja. — E-eu acho que talvez devêssemos tentar nos dar as mãos?

Ah, não. Enfio as mãos nos bolsos e olho para ela, mas ela está séria. Morde o lábio e estende uma das mãos. Minha perna dói. Eu mudo o apoio do pé direito para o esquerdo. Não tem como isso ficar mais estranho. Mas se isso me ajuda a me livrar dela...

— Certo.

Ela aproxima-se devagar e eu estendo minha mão direita para que ela não chegue mais perto. Ela a segura com a mão esquerda. O toque é suave, quente, mas não sinto nem um pouco de formigamento.

Pergunto-me, pela primeira vez, o que *vai* acontecer. Logan vai saltar dos arbustos e depois postar um vídeo sobre isso na internet? Será que ela vai voltar a ser um fantasma e desaparecer?

Ela me puxa para a frente e eu tenho um *déjà vu* horrível de ser puxado para aquela luz verde, só que continua escuro. Nós andamos por entre os arbustos, fazendo um circuito largo ao redor do poste. Sinto uma alegria oculta em chutar os arbustos espinhosos. Parece uma brincadeira bizarra de roda.

Após vários minutos fazendo isso, ela começa a sacudir meu pulso, como se, caso puxasse forte o bastante, pudesse, de algum modo, *fazer* alguma coisa acontecer. Eu capturo o olhar dela, e seu rosto se contorce. Ela desvia, mas as lágrimas frescas brilham em seu rosto sob a luz fraca da rua.

— Hum, talvez devêssemos nos aproximar do poste — murmuro. — Parecia que... Estava mais perto antes... Eu não sei.

Ela apenas assente e eu a puxo desta vez, sentindo-me ridículo. Olho as fotos de Viv me encarando de volta e me sinto totalmente mal por segurar a mão daquela garota estranha. Espero que Viv saiba que *sempre* foi a única. Espero que compreenda.

Paramos em frente ao poste. Nada mudou. Minha mão está ficando dormente por ser espremida, mas não digo nada. A menina fantasma está olhando ao redor como se quisesse revirar tudo, e eu quase lhe digo que tudo bem — que isso acontece comigo também. Mas depois ela solta minha mão e tira o cabelo de cima do ombro.

As pontas estão verdes brilhantes.

Acontece somente por um segundo e, quando os fios caem de volta em seus ombros, parecem normais. Mal consigo acreditar, então estendo minha mão livre, logo atrás do poste onde vi a coisa acontecer, e assisto a meus dedos ficando verdes.

Eles formigam. Isso é... real?

— Aqui — digo, arfando.

Ela vira-se e toma fôlego. Coloca a mão abaixo de onde estou com a minha, onde o ar está escuro e normal, e afunda a ponta dos dedos lá também. As unhas dela começam a brilhar e ela aprofunda até os nós dos dedos, e, em seguida, fica verde até a altura do pulso. Assisto àquilo boquiaberto. Eu mal consigo respirar. Ela solta minha outra mão e começa a caminhar para a luz, mas eu lhe agarro a manga.

— Espere... Você tem certeza disso?

Ela vira-se para mim, com uma expressão triste.

— Não posso ficar aqui. Preciso ir para casa... Meu irmão.

Metade do corpo dela parece normal, mas a outra metade está transparente e brilhante. Pisco e arregalo meus olhos. Ver através dela pela primeira vez foi uma coisa, mas vê-la *tornar-se* transparente...

Aponto para a luz.

— E se isso não te levar para casa?

Ela inclina-se totalmente, tanto que metade dela desaparece completamente e sua metade inferior fica toda verde. Fico aliviado quando ela se endireita, totalmente transparente, porém inteira.

— Isso se parece com a minha casa... mas acho que lá também parece — diz ela, hesitante.

Sua voz tem essa característica metálica, como a primeira vez que a vi, só que agora o tom é mais suave. Seus olhos deixaram de ser castanhos e voltaram a ser verdes, mas estão cheios de determinação.

Ela força um sorriso.

— Foi ótimo vê-lo novamente, Cam.

Abro minha boca, sem ter certeza do que dizer. Ela não pode simplesmente ir embora. Nunca me contou como me conhece, *ou* como conhece Viv. De onde veio? Para onde a luz vai? Como tudo isso sequer é possível? Minha mente fica cheia de coisas que eu teria perguntado se simplesmente tivesse acreditado nela mais cedo.

Mas antes que eu possa dizer qualquer coisa, ela se vira de novo, rapidamente, e desaparece com a luz.

Espero uns dois longos minutos. Fica tudo silencioso, solitário em frente da escola, além de muito frio. Um cão late em algum lugar do bairro. Uma sirene soa baixinho, subindo e baixando num lugar distante. Nada acontece perto do poste de madeira. Tenho medo de me mexer.

Aonde ela foi?

Respiro de maneira ofegante. Levanto minha mão e estou prestes a tocar o nada outra vez, mas paro. E se eu tocar e a luz verde ainda estiver lá? E se não estiver? Uma rajada de vento varre meu cabelo, deixando um arrepio em minha pele. Puxo a mão de volta e fecho mais meu casaco.

Eu simplesmente vou embora agora? Olho para a noite, com medo de desviar o olhar ou de virar as costas para o poste. Eu meio que espero que outra coisa aconteça, meio que rezo para que não. Mesmo que outra coisa *realmente* aconteça, não tenho certeza se ainda confio nos meus olhos. Será que eu realmente vi uma garota ali? Ela veio do nada e passou a tarde na minha casa? Chuto uma pedra na rua, ouvindo-a saltar solidamente por todo o asfalto. Paro de morder os lábios e rio em voz alta, mas minha voz embarga e eu coloco uma das mãos sobre a boca para cessar o som.

Toco o poste cuidadosamente, correndo os dedos sobre as cartas e fotos que me ligam a Viv. Eu pego a mais próxima — a foto de animadora de torcida — destacando-a, mas hesito uma vez que está em minha mão. O lugar vazio onde costumava ficar pendurada parece errado, como se algo estivesse faltando. Começo a entrar em pânico, tento colocá-la de volta no lugar, no entanto os grampos e fitas não cooperam. Após vários minutos, desisto. O papel está amassado, então eu o aliso até o sorriso de Viv ficar quase direito, e guardo-a no bolso. Ninguém saberia o que aconteceu com ela sem aquele memorial. Olho com cautela o local onde a menina-fantasma — Nina — desapareceu. Posso estar enganado, mas poderia jurar que é o *mesmo* local.

Duas meninas desapareceram aqui. E eu ainda estou sozinho, sem nem mesmo a companhia de um fantasma.

OITO

TATEIO A PORTA COM MINHA CHAVE DE CASA. ESTÁ ESCURO LÁ DENtro, mas o carro de mamãe está na garagem, então entro na ponta dos pés e tranco a porta o mais silenciosamente possível. Passei a noite do lado de fora de um posto de gasolina tomando um café após o outro, segurando o copo de isopor apertado em minhas mãos. Sinto como se precisasse tocar em tudo que vejo, apenas para me certificar de que não vai desaparecer. Minha cabeça está nebulosa e, apesar da cafeína, não me sinto mais desperto do que de manhã. Esta noite já está começando a parecer um sonho estranho e, agora, me sinto bem acreditando que foi exatamente isso.

Tenho que passar pela sala de estar para ir para meu quarto. Mamãe está dormindo no sofá, banhada pela luz da TV. O som da claque de uma série de comédia antiga sussurra através do ar. Ela ainda está vestindo suas roupas de trabalho, os sapatos no chão. Nada incomum. Ela agora dorme ali mais do que no quarto que dividia com papai.

Sinto a atração promissora da minha cama ao final do corredor, mas hesito ao passar pelo sofá. Ela parece tão pequena, encolhida daquele jeito. Resolvo levar para ela um cobertor retirado do armário de lençóis, mas antes que eu consiga dar mais um passo, ela fala:

— Madrugou, Cammer?

— Não achei que estivesse acordada... Não é tão tarde.

Ela senta-se e espreguiça, segurando o relógio sob a luz azulada da TV.

— Acho que não.

Risinhos ecoam pelas caixas de som. Mamãe aperta o botão "mudo" e dá um tapinha na almofada ao seu lado.

— Eu estava meio que desejando ir para a cama — digo, contornando a mesa de centro para me sentar ao lado dela. — Tenho teste de trigonometria amanhã.

— Como está a escola?

— Bem.

Ela retorce os dedos no colo.

— Seu pai ligou hoje de novo. Ele disse que também tem tentado falar com você por e-mail...

— Eu não ligo.

Olho para as famílias felizes em preto e branco movendo-se silenciosamente pela tela.

— Cam, a Dra. Summers ligou. Ela estava preocupada com você.

— Ah... — O telefone da cozinha quebrado vem à minha mente exausta. Esfrego meus olhos. — Desculpe pelo telefone. Vou comprar um novo.

— Quer me contar por que havia vidro por todo o chão da cozinha também?

— O quê?

Então eu me lembro. Levanto-me muito depressa e sinto uma tontura. Acendo a luz da cozinha. O piso de ladrilho está vazio, mas a pá de lixo está no balcão, cheia de vidro e sujeira.

— Eu varri... felizmente, antes que pudesse me cortar — diz mamãe, vindo atrás de mim e apertando meu ombro. — Querido, o que está acontecendo?

Eu me apoio na porta. O jornal está espalhado no balcão da cozinha e um lado dele foi rasgado em tiras. Dois bancos estão posicionados, como se pessoas tivessem sentado juntas ali. Eu. E ela.

Realmente aconteceu.

Eu me livro da mão de mamãe e reprimo um arrepio.

— Nada, eu simplesmente... Esqueci, me desculpe.

— Cam...

— Como foi no tribunal hoje? — pergunto. — Deu uma surra em alguns promotores?

— Querido... — Ela tira os óculos. — Eu disse à Dra. Summers que talvez devêssemos pensar em uma medicação.

Fecho meus olhos só porque sei que ela não está olhando para minha cara. Pílulas da felicidade, para que você não sinta nada. Eles já tentaram me empurrá-las antes. Não quero viver sem Viv, mas a dor pela ausência dela é melhor do que nenhum sentimento.

— Não.

— Não temos que decidir isso hoje à noite. Eu só mencionei...

— *Não*, mãe.

Ela acha que eu não percebi o passo que ela deu para trás e a remissão de sua voz. Ela está esperando para ver o que vem depois de um telefone quebrado e um copo despedaçado. Houve uma época em que eu teria quebrado mais algumas coisas.

— Não preciso disso — digo calmamente.

Então ela me surpreende; pega minha mão e olha para meu rosto. Ela costumava ter um cabelo de capacete antes de papai ir embora. Não sei se não se preocupou mais em cortá-lo ou o quê, mas acho que ela parece mais nova do jeito que está agora, com os fios castanhos e grisalhos amontoados no topo cabeça. Sem os óculos, o castanho dos olhos se destacam. Ela parece mais baixa, mas então eu me lembro dos seus sapatos de salto alto largados no chão.

— Estou orgulhosa do modo como você está lidando com... tudo — A voz treme. Ela não vai dizer o nome de Viv. Ela nunca diz. — Mas você precisa me prometer que não vai perder mais nenhuma consulta com sua médica. Você *precisa* dela agora.

— Tudo bem... Eu prometo.

Mamãe dá um pequeno aperto no meu braço, fica na ponta dos pés e me beija a bochecha. Dou-lhe um abraço fraco, resmungo algo sobre trigonometria, vou para meu quarto e afundo de encontro à porta fechada.

Estou sentado na sala de espera/estar da Dra. Summers, mas ainda é terça-feira de manhã. Lance arqueja alto aos meus pés. Este era o único horário disponível antes de sexta-feira, o que é bom, porque eu prefiro me livrar logo disso. Tanto esforço só para ajeitar minha vida. Não sei o que vou precisar dizer para me livrar dos remédios, mas não vou sair daqui com uma receita, mesmo que ela pense que *sou* louco. Coloco as mãos sobre os joelhos e olho para meus dedos. Finalmente a porta se abre e a Dra. Summers surge para ver seu primeiro paciente.

Lance lamenta quando entramos no consultório e fechamos a porta. A Dra. Summers vai para a sua cadeira com uma xícara de café, como faz geralmente. Ela está usando um de seus inúmeros suéteres bege. O cão está do lado de fora da porta. O relógio na parede faz seu tique-taque ritmadamente. Tudo isso me faz relaxar. Nada muito estranho, com exceção do fato de não ser sexta-feira.

— Eu sei que minha mãe conversou com você — digo antes de ela estar totalmente acomodada.

Ela leva um segundo extra para cruzar as pernas.

— E sei o que ela provavelmente disse — continuo. — Então só vim aqui para que você saiba que pensei no assunto, mas não vou tomar nenhum remédio.

Ela demora um bom tempo antes de falar, deixando o silêncio rastejar sob minha pele.

— Então por que acha que sua mãe quer que você tome?

— Porque ela me disse. Eu estava bem na frente dela...

— Não, o que eu quero dizer é... O que você acha que *fez* com que ela pensasse dessa forma?

Eu me remexo no sofá e fico encarando as rodinhas da cadeira dela.

— Não sei.

— Existe alguma razão para ela estar mais preocupada com você ultimamente?

Existe um zilhão de razões para minha mãe estar mais preocupada comigo ultimamente — *eu* estou preocupado comigo —, mas não estou sentado ali por causa de nenhuma destas razões. Estou ali para evitar ir à farmácia. Mas é exatamente onde estarei, se eu contar à Dra. Summers sobre a garota estranha que conheci no dia anterior, que disse que *conhecia Viv* e que depois desapareceu no ar.

Eu preciso de uma distração.

— É idiota — digo. — Não é nada demais. Eu estava chateado com o papai... Algumas coisas quebraram na cozinha.

Ela levanta uma sobrancelha.

— Faz tempo que você não fica com raiva desse jeito.

Ui — plano ruim. Eu cerro os dentes. Um dos motivos que os fizeram querer que eu tomasse remédios antes foi a raiva. Antes de Viv me fazer perceber que nada disso — nenhum deles — valia a raiva. Ela ficava tão calma quando eu enlouquecia que eu nunca conseguia ficar chateado. Enquanto tínhamos um ao outro, nada mais importava. Meu peito dói. Eu realmente não quero arrastá-la para isso, especialmente porque ela não teve nada a ver com o telefone quebrado ou o copo despedaçado, mas Viv é a única razão que ninguém vai questionar.

— Eu estava apenas... com saudades de Viv.

O rosto da Dra. Summers fica irritantemente complacente.

— É que... eu nunca senti que precisava falar com meu pai antes de ela... — Eu paro. Respiro. — Então tentei ligar para ele.

— E como foi, Cam?

Abro a boca e a fecho, olhando para o relógio enquanto tento decidir o que dizer e, mais importante, o que não dizer.

— Não muito bem — respondo, esperando que ela preencha as lacunas do jeito que quiser.

— Ah?

Olho para cima, desejando que aquele "*Ah?*" tivesse sido retórico. Mas tudo que vejo é uma expressão questionadora de terapeuta. Pressiono uma das mãos contra a têmpora e fecho os olhos, tentando não pensar que é o papai que vem tentando falar comigo por telefone e me enviando e-mails, e que eu o estou ignorando. Tentando não pensar no modo como ele atendeu o telefone, e em como eu estava mais furioso comigo do que com ele — por deixá-lo pensar que sinto falta dele.

— Eu apenas não estou pronto para falar com ele, tudo bem?

A Dra. Summers me oferece um de seus olhares de avaliação. O mesmo tipo lançado pelos robôs que escaneiam as pessoas em filmes de ficção científica antes de atirar nelas ou de deixarem-nas ir embora.

— Podemos retomar esse assunto. Mas fico feliz por você ter ligado para ele quando estava chateado.

Relaxo minhas mãos, as palmas suadas, olho para o relógio e rio um pouco alto demais.

— As coisas poderiam ser piores. Não é como se eu tivesse falando com homenzinhos verdes ou qualquer outra coisa...

Ela arqueia as sobrancelhas.

— Eu espero que você me conte se começar a ver homenzinhos verdes, Cam.

Esfrego a nuca. E *menininhas* verdes?

— Vou te contar se isso acontecer um dia — digo rapidamente, e me pergunto outra vez se ela enxerga através de minhas mentiras. — Mas, falando sério, ficar chateado com meu pai por ele não estar por perto quando minha vida está péssima? Não vale a prescrição, na minha opinião.

— Concordo.

— Sério?

Ela balança positivamente a cabeça, acomodando a caneca ao lado.

— Eu não estou insinuando que não precisaremos reconsiderar essa opção, mas você já provou uma vez que eu estava errada. Não achei que você fosse conseguir ficar sem medicação no início, mas você se saiu extraordinariamente bem no ano passado...

Ela deixa a última parte subentendida: *até Viv morrer.*

O lento ponteiro dos minutos do relógio de parede arrasta-se para frente. Fico livre das drogas se continuar dizendo as coisas certas.

Surpreendo-me com uma verdade.

— Quero continuar indo bem sem eles... pela Viv.

A Dra. Summers sorri.

— Acho que é razoável.

NOVE

— E AÍ? — PERGUNTA MIKE. O SOM DO BAIXO QUE SAI DE SEUS FONES de ouvido está tão alto que sei exatamente qual canção indie detestável está tocando antes de ele desligar a música.

— Ei — digo, fechando o exemplar de *Ethan Frome.*

Pensei em tentar ler nossa tarefa de inglês durante o almoço em vez de ficar apenas olhando as páginas enquanto todo mundo come, mas os personagens estão me cansando e minha mente continua vagando. Passei pelo memorial de Viv no caminho da escola, mas não parecia nem um pouco diferente. Não ouvi a voz de Nina. Olho para o lugar e me pergunto por que o portal de luz verde surgiu *ali.* Desejo pela centésima vez ter perguntado a Nina de onde ela conhecia Viv.

Mike interrompe meus pensamentos.

— Então, o time inteiro vai comer alguma coisa no Fast Break depois do treino...

— Hum, divirtam-se.

Começo a folhear meu livro, procurando pela página que estava olhando.

Ele pigarreia.

— Eu meio que estava pensando se você não gostaria de ir também.

Paro de virar as páginas, mas não olho.

— Eu não faço mais parte do time.

— Você não tem que estar no time para sair com a gente.

Fecho o livro bruscamente e o coloco na minha mochila. Fast Break é o restaurante sujo que fecha tarde ao qual íamos às vezes depois dos treinos e depois de todos os jogos. Os garotos sentavam-se em um lado do restaurante e as animadoras de torcida do outro. Mordo meu lábio ao lembrar. Durante o primeiro ano, antes de Andy Lowery se machucar e eu virar zagueiro, eu estava sentado nas mesas pegajosas cercado por outros Fowler Rams quando vi Viv pela primeira vez. Tínhamos acabado de sair do treino e eu senti algo incrível. Quando as animadoras de torcida entraram, os rapazes começaram a assobiar e a chamá-las, então me juntei a eles. As meninas mais velhas nos ignoraram, mas quando Viv se virou, radiante e sorrindo depois de seu primeiro treino, eu parei. Ela caminhou até a mesa ao lado e sentou-se no colo de Logan. Meu coração quase parou quando ele colocou um braço possessivo ao redor dela, mas então ela olhou para cima e nossos olhos se encontraram.

Pisquei. Viv sorriu. Logan nunca viu isso acontecer.

É como se fosse outra vida.

Mike está olhando para mim como se achasse que eu realmente tenho ido ao Fast Break nos últimos dois anos.

Como se ir para lá agora não fosse nada demais. Olho para o corredor em direção ao refeitório. Um grupo de pessoas passa lentamente pela porta, e eu vejo Logan entre elas. Ele belisca a bunda de Clemons Tash. A animadora de torcida se vira dando um gritinho, simulando raiva e falhando ao flertar.

— Obrigado... mas eu simplesmente não posso — digo.

Mike segue meu olhar e grunhe.

— Vamos lá, West é um idiota, mas todos os outros...

Balanço a cabeça. Não vou ganhar o apoio de todos os outros a essa altura.

Ele enruga a testa e amassa a embalagem da barrinha energética.

— O novo lugar, então, Dina's Diner? Do outro lado da rua.

— O quê?

Ele suspira.

— Nós costumávamos sair o tempo todo, Cam.

Ele está certo. Mesmo depois da minha lesão, quando Viv entregou seus pom-pons e eu não voltei a treinar, ele nos chamava para sair — nós dois. A equipe de animadoras de torcida ficou fazendo insinuações e o time parou de falar comigo, mas Mike nunca fez parte dessa palhaçada. Ele não largou o futebol em apoio ou coisa assim, mas continuou tratando a mim e a Viv do jeito que tratava a todos. Então quando Viv sugeriu que o evitássemos para poupar a reputação dele, eu realmente não pude argumentar. *Ele é como um cachorrinho adorável, leal*, disse ela. *Ninguém quer ferir um cachorrinho.*

Olho para o caderno aberto no colo de Mike. Hoje ele está desenhando uma espécie de monstro peludo — ele está sempre desenhando monstros ou garotas. Comer alguma coisa com Mike seria uma coisa normal a se fazer. E eu realmente deveria passar tempo com alguém que deseja minha companhia. Esses dias, minha analista e minha mãe têm sido as únicas pessoas felizes em me ver, e uma delas recebe da outra para ter esse privilégio.

— Hum, tudo bem, eu acho...

— Ei cara, eu não estou te chamando para um encontro — diz ele.

Não consigo evitar e rio.

— Você acha que nesse novo lugar tem batatas fritas apimentadas como no Fast Break?

— Aquelas que queimam por onde passam? Duvido. — Mike bate no meu ombro. — Julgamento da batata às seis horas. Vejo você lá.

O ar está gelado e tranquilo quando atravesso o estacionamento do Dina's Delicious Diner — *Agora Aberto!* Não nevou ainda, mas o céu claro parece ansioso para puxar um cobertor de nuvens para si.

Olho para a placa de néon laranja meio queimada do outro lado da rua. Está escrito RÁPIDO sobre a porta, e acho que ninguém pode argumentar contra isso. As paredes de porta de garagem e as luminárias enferrujadas curvadas sobre o estacionamento sugerem que o Fast Break costumava ser um posto de gasolina decadente. Agora parece um posto de gasolina decadente que alguém converteu em restaurante. É ainda mais sujo do que me lembro, ou talvez tenha ficado dois anos mais decadente desde que me preocupei em notar. As pessoas que eu costumava conhecer estão amontoadas em mesas de plástico azul perto das janelas, debruçadas sobre batatas fritas e milk-shakes gigantes de chocolate. Seria fácil atravessar a rua, abrir a porta e entrar.

É mais fácil não entrar.

Abro a porta do Dina e encontro um tapete verde, móveis de madeira e galinhas... por toda parte. Elas estão pintadas por todo o balcão da recepção, decorando as cortinas, empoleiradas nas prateleiras altas, olhando de soslaio para mim de trás de plantas de plástico. Tem um mostruário no hall de entrada com, pelo menos, doze tipos diferentes de torta, todas escoltadas por cerâmica colorida e galinhas empalhadas. O lugar está cheio, mas avisto Mike esperando em uma mesa do outro lado do restaurante.

Teço meu caminho por trás de uma mesa de velhos decadentes e, por perto, uma mãe tenta levar dois filhos pequenos ao banheiro. Afundo no assento verde confortável diante de Mike e dou de cara com o que parece ser um galo de verdade... Ou costumava ser. Eu o deslizo pela mesa em direção à janela.

— Qual é a dessas galinhas? — pergunto.

Mike abre a boca, porém nossa garçonete chega, e ele balança a cabeça e abafa uma risada. Recebo minha resposta quando ela entrega um cardápio para cada um e eu me familiarizo com a deliciosa variedade de hambúrgueres country da Dina, bifes country, batatas country, molhos country e tortas country. Aparentemente, se você quiser comer comida country, é melhor fazê-lo num lugar travestido de celeiro exótico.

— Tenho minhas dúvidas se eles servem batatas fritas country apimentadas aqui — sussurra Mike.

Eles não servem, mas podemos pedir algo chamado Poutine country, que supostamente consiste em batatas fritas, molho country e requeijão. Quase a mesma coisa.

Fico inquieto enquanto esperamos pela nossa comida. As galinhas parecem estar olhando para mim de todo lugar. Viv as teria odiado também.

— Ei, não é aquela... — Mike para. — Acho que reconheço aquela menina.

Eu giro, mas o lugar está cheio de famílias e não consigo ver para quem ele está apontando.

— Quem?

— Aquela garota ali! — Ele estala os dedos e em seguida aponta para mim e sorri. — Ela não é a garota que eu vi com você ontem à noite?

Inalo refrigerante, que atinge meus pulmões e espirra pelo meu nariz. Tusso até a sala parecer um borrão de penas verdes e douradas através dos meus olhos ardidos por causa do gás. Tento me concentrar e acho que vejo uma cabeça cor de cobre, mas ela entra na cozinha antes de minha visão clarear.

— Eu não estava com nenhuma... — tusso novamente e tomo um fôlego desajeitado — garota ontem à noite.

Mike olha para mim de um jeito engraçado.

— Passei de carro ao seu lado na esquina, depois do treino. Eu ia parar, mas do jeito que vocês estavam... Eu achei que ela pudesse ser parente de Viv ou algo assim. — Ele aponta para o outro lado do cômodo. — Você quer ir cumprimentá-la?

Olho e esqueço-me de como respirar novamente. *Nina* está do outro lado do salão, anotando um pedido. Está com um avental verde, os cabelos presos. Ela está com uma caneta atrás da orelha e sorrindo... Mas é ela.

Ela está aqui.

O barulho do restaurante eleva-se a um tumulto dentro da minha cabeça. O lugar é muito quente, muito pequeno. As lâmpadas fluorescentes são claras demais. As galinhas encaram de todos os cantos com seus olhos vidrados. Isso é pior do que abrir a minha porta e encontrá-la na minha varanda, afinal Mike está ali assistindo — ele está *apontando* para ela. Não consigo acreditar que ele faz parte disso. Eu sou o maior idiota da cidade.

— Logan fez com que você participasse disso? — questiono. — Isso é uma porra de uma brincadeira?

— Logan? Espere, o quê?

— Diga. — Bato o punho na mesa. — Porque eu nunca pensei que você...

— Ei. — Ele levanta as mãos. — Do que você está falando, Cam?

Não faz sentido. *Eu a vi desaparecer.* Logan não poderia ter orquestrado isso. Mas se ela voltou para seja lá de onde veio, por que está anotando um pedido do outro lado do salão?

Vejo Nina rindo com os clientes, um leve rubor colorindo suas bochechas. Ela não me viu. Vai para trás do caixa sozinha, e eu levanto do meu assento, caminhando pelo celeiro. Chego ao balcão e inclino-me, sem piscar, para que eu não perca a expressão de Nina quando ela me vir.

Ela levanta a cabeça com um sorriso, encontra meus olhos e diz:

— Como estava o jantar essa noite?

— O quê?

— Você chegou a experimentar uma fatia da nossa torta de nozes country?

As sardas no seu nariz reunem-se quando ela sorri. Na dúvida, verifico o nome dela na plaquinha de identificação.

OLÁ, MEU NOME É: NINA.

— Isso é tudo o que você tem a dizer?

O sorriso dela oscila.

— Desculpe-me, havia algum problema com sua refeição, senhor?

— *Senhor*?

Começo a partir para cima dela, mas Mike aparece ao meu lado e agarra meu braço como um alicate. Tento torcê-lo para me desvencilhar, mas ele se mantém firme. Joga dinheiro no balcão.

— Aqui, desculpe-me, pensamos que você fosse outra pessoa... Desculpe.

Ela olha para mim, depois para Mike, para o dinheiro e depois volta a olhar para mim. Seus olhos castanhos parecem confusos e preocupados, mas nenhum sinal de reconhecimento enquanto Mike me guia para fora.

Quando chegamos ao estacionamento, ele me solta e se distancia de mim.

— Que diabos foi aquilo? — ele quer saber.

Não consigo falar, mas do lado de fora consigo respirar novamente. Eu me agacho e apoio a cabeça nas mãos, tentando encontrar o sentido de... tudo. De que ela estava lá e não tinha ido embora...

— Cam? — pergunta Mike, inquieto.

Um pensamento fica martelando na minha mente, mas sei que estou errado. E a *vi* desaparecer.

— Logan West está me sacaneando!

— Logan? — pergunta Mike, aturdido. — O que *isso* tem a ver com Logan?

Levanto-me e olho para o Fast Break do outro lado da rua.

— Ele tem que estar pagando para aquela garota. Ela também está envolvida nisso.

— Eu não acho que... — Mike hesita, mas quando fala novamente a voz está mais alta. — Talvez... Talvez eu não devesse ter forçado a barra para você sair essa noite...

Reviro os olhos e caminho pela rua vazia e escura. Logan vai pagar por isso.

— Cam? Aonde você está indo? — Ele corre para me alcançar.

Meu queixo bate por causa do frio. Tudo que consigo ver são as janelas iluminadas diante de mim. Logan está lá dentro, no meio do grupo. Tash está esmagada ao lado dele, rindo e passando a mão pelos cabelos. Todas as garotas parecem querer jogá-la debaixo de um ônibus. Logan está sentado lá como se fosse o mestre do universo. Eu costumava ser exatamente como ele, e isso me faz querer vomitar.

A mão firme de Mike me impede pela segunda vez e eu sou lembrado de como ele está em melhor forma que eu. Eu o empurro para longe.

— Você não quer fazer isso — diz ele.

Agarro o puxador da porta e, de repente, vejo que isso não tem a ver somente com o que aconteceu hoje à noite.

— Eu venho querendo fazer isso nos últimos dois anos.

— Tudo bem, então. — Mike fala tão rápido que quase tropeça nas palavras. — Mas faça um favor para si mesmo: não faça isso na frente deles. — Ele gesticula com o polegar acima do próprio ombro. — Ele não vai precisar levantar um dedo. Você não terá nenhuma chance.

Hesito, percebendo o tamanho da multidão ao redor de Logan. Dez? Quinze pessoas?

— Deixe que eu o traga — diz Mike. — Eu trago ele aqui fora para você.

Eu cuspo.

— Sem chance.

— O que você acha que *Viv* diria para eu fazer, Cam? Ficar aqui assistindo a você ser massacrado?

Meu peito dói. Falo por entre os dentes.

— Você tem dois minutos.

Ele abre a porta e não olha para trás.

Eu não o vejo aproximar-se de Logan. Viro a esquina, de onde não posso ser visto, e olho através de outra janela. Tem um cara e uma garota numa mesa do canto mais distante. Não consigo decifrar seus rostos. Eles estão bem perto, sorrindo um para o outro, isolados do caos pós-treino à volta.

Logan empurra a porta, puxando Tash atrás dele como um brinquedo. Mike os segue. Algumas pessoas aparecem nas janelas, mas ninguém se junta a ele.

— Tem alguma coisa para me dizer, Pike?

Ele está com os pés afastados, braços ao lado do corpo. Sem parecer querer conflito.

Eu encontro o olhar dele e seus olhos estão tranquilos, mas então eu o vejo... um sorriso lento surgindo nos cantos da boca. Tudo isso é uma droga de jogo para ele.

Impulsiono meu punho para cima dele. Tash grita, mas antes que eu possa dar um soco, as mãos de Mike estão em meus ombros, puxando-me para longe.

— Se você quer me ferrar, faça isso na minha cara! — grito.

Logan permanece na dele, apesar de eu não ter lhe alcançado o nariz por meros centímetros. O sorriso se foi, mas ele parece mais irritado do que qualquer outra coisa. Dou uma cotovelada na barriga de Mike e ele me solta, tossindo para recuperar o fôlego.

— Apenas me deixe em paz!

Logan ajeita sua manga, que não está nada bagunçada, visto que meus punhos nunca chegaram perto dele.

— Olha, Pike, não tenho tempo para isso — diz ele, parecendo entediado. — Procure ajuda. — Ele põe o braço na cintura da Tash e vira-se a fim de voltar para dentro.

— Você está pagando para aquela menina. — Minha voz falha. — Para tentar me convencer de que estou louco!

Logan para e troca olhares com Mike. Ele volta a olhar para mim.

— Pike... sério, você precisa que alguém te convença disso?

DEZ

TODO MUNDO ACHA QUE FIQUEI MALUCO.

Sento-me na calçada atrás do Fast Break, olhando para uma ponta de cigarro e uma tampa de garrafa achatada aos meus pés. O estacionamento cheira levemente a gasolina. Roo minha unha. Mike foi embora há uma hora ou mais, dizendo para ligar para ele. Por volta da meia-noite o restaurante esvazia — afinal de contas amanhã tem aula. Alguém tropeça em mim ao levar um saco para a lixeira. Eu não me mexo. Fico sentado muito tempo depois de as luzes de néon apagarem atrás de mim.

Eu deveria ir para casa.

Levanto-me e começo a caminhar. Minha cama me espera lá, pronta para transportar-me para o amanhã, para depois de amanhã e para o dia conseguinte. Coloco um pé na frente do outro. Mas no momento em que entro em movimento, não estou indo mais para minha casa.

Quando chego no local onde fica o poste, estou com falta de ar. Não me lembro de quando comecei a correr, mas depois que comecei, não consegui desacelerar, mesmo quando minha perna dói.

Tem que ter alguma coisa aqui, alguma prova de que aquilo *aconteceu*. Eu não sou maluco.

Apoio-me contra a madeira escura para não desmaiar. Um dos cartões de pêsames para Viv voa na calçada. Quando consigo respirar sem sentir meus pulmões queimando, observo o memorial. Pétalas mortas bagunçam o chão; eu deveria ter trazido mais flores na semana passada. Há um buraco onde falta uma foto de Viv. Meu coração para até eu me lembrar, então tiro do bolso a foto dela de animadora de torcida, toda amassada.

Fico olhando para o rosto dela por um bom tempo e circundo o poste, comparando o sorriso com olhos arregalados de quando ela estava no primeiro ano à expressão mais madura em fotos tiradas mais tarde. A mais recente fui eu mesmo que tirei. Eu quase não a coloquei ali, mas não queria que o memorial dela fosse construído inteiramente por *eles*. A foto foi tirada em um acampamento, uma semana antes da morte dela. Nós estávamos na floresta, no meio do nada. Subimos numa elevação rochosa para assistir ao pôr do sol. Eu a chamei e tirei a foto antes que ela pudesse se dar conta do que eu estava fazendo. A expressão dela é de interrogação, os olhos escuros e contentes. Atrás dela, um céu brilhante laranja e dourado resplandece sobre as copas das árvores, marcando o fim do dia, o fim do verão. Durante aquela viagem, nós nos sentimos como as duas únicas pessoas na Terra. Ela me beijou e disse: *Eu nunca fui tão feliz.*

Dou um chute pouco inspirado nos arbustos. O memorial está do mesmo jeito de sempre. Eu não tenho certeza do que esperava encontrar. A luz do poste acima de mim cintila, mas permanece fraca. Olho por cima do ombro, com medo de que Nina apareça com Logan desta vez, ainda usando o avental do Dina's Delicious Diner. Eles vão rir com Tash e Mike enquanto eu me debato nos arbustos em busca de minha sanidade.

E se Logan realmente *estiver* me deixando louco?

Fecho o punho, mas não há nada em que bater, então faço uma tentativa na sombra do poste, onde ele costumava ficar, no lugar exato onde imagino que a cabeça de Viv bateu no vidro.

Há uma luz verde e meus dedos formigam.

Olho para a escuridão.

Não há nada lá.

Aproximo-me para tocar... Meus dedos brilham em um tom verde transparente. Eu não estou imaginando isso. É como penetrar a superfície de uma água tão clara que você não vê até seus dedos estarem nadando, e apenas ao tocar percebe que sua profundeza é algo estranho e inexplorado. Repito este movimento mais três ou quatro vezes, então permito que meu braço entre todo e o deixo lá. Sinto a eletricidade pulsar por debaixo da pele até a altura do meu bíceps. Não é o que eu chamaria de confortável, mas não dói.

Não sou louco, eu posso *comprovar* isso. Olho em volta, procurando a fonte do brilho verde esquisito, mas quando abaixo minhas mãos, ele desaparece. Eu coloco o braço de volta. É mais confortável quando a luz está claramente na minha frente, quando não posso questionar sua existência. Eu gostaria de poder descobrir o que ela *era*. Balanço o braço ao redor e ele esbarra em alguma coisa. Estou claramente atingindo o poste à minha esquerda, mas o braço parece estar tocando o vazio. Estico-o e não sinto nada além de formigamento. Ainda consigo ver a escola bem na minha frente, através da luz verde. Prendo a respiração e dou um passo adiante, colocando meu rosto dentro da luz. Meu nariz e minhas bochechas vibram com a energia e, quando abro os olhos e olho para as minhas mãos, elas estão transparentes. Posso ver *através* da minha pele, veias, ossos — estou ficando enjoado. Isso não é real...

Isso é real.

Começo a recuar em busca de segurança, mas quando olho para a frente através do mato, algo sobre a fachada da escola me faz parar. Ela parece diferente. Semicerro os olhos, mas toda a minha cabeça está formigando agora e é difícil me concentrar. Algo que Nina disse quando a vi desaparecer ecoa levemente na minha cabeça: *Isso se parece com minha casa... Mas acho que lá também parece.*

Pisco, dou um passo à frente e então percebo o que é. A janela da sala de artes. Deveria haver tapumes ali por causa de um incêndio no forno artesanal há quase um ano. Eu sei disso porque Viv e eu estávamos na sala quando Scott Melore, prodígio da cerâmica, fez um experimento com vidros que deu errado. Só que estou olhando para a janela agora e não há nenhum indício de que isso tenha acontecido.

Quando Nina desapareceu antes, foi tão surreal... Eu não dei muita atenção para *onde* ela poderia ter ido até vê-la no restaurante. Então pensei que o desaparecimento tivesse sido uma piada cruel.

Mas e se essa estranha luz verde *realmente* levar para outro lugar?

Eu preciso resolver isso de uma vez por todas.

Atravesso todo o corpo e fico imerso em verde. Tudo é tão brilhante — mas não queima os olhos. É como se eu pudesse enxergar *melhor* nesse brilho do que sob a luz normal. Não porque é mais brilhante, mas porque parece penetrar mais profundamente. Como se eu pudesse ver meu braço *e* compreender do que ele é feito — compreender o espaço que ele ocupa.

Sinto como se estivesse respirando eletricidade.

Olho para cima a fim de me orientar, e uma onda de pânico toma conta de mim.

Não consigo ver o poste.

Giro o corpo. Cento e oitenta graus, acho, mas estou desorientado. Tudo que vejo é a luz brilhante. Meu coração parece prestes a explodir. Pergunto-me como o suor irá reagir com o ar eletrizado. Pergunto-me se estou em uma espécie de campo magnético a céu aberto que está cozinhando meu cérebro. Talvez aquela seja a luz que as pessoas veem em experiências de quase morte. Não dói de fato, mas eles sempre dizem que não dói. Tento não respirar.

Tudo bem morrer se isso significar ver Viv novamente.

Fecho os olhos e tudo fica escuro... familiar. Como se eu estivesse na minha cama de casal, divagando antes de dormir. Forço-me a inalar, ignorando o formigamento no fundo dos pulmões. Estendo a mão. Minhas mãos seguram o ar, mas tomo fôlego outra vez e dou um passo. Depois outro.

Eu me movimento aleatoriamente de um lado para o outro até que meus dedos esbarram em algo parecido com... madeira. Abro os olhos. A madeira morta e lascada do poste está bem diante de mim. Lanço meu corpo em direção a ele, para *fora* da luz verde, tropeçando e agarrando o objeto firme com os dois braços. É sólido. Estou seguro. Mas ainda são necessários alguns minutos antes de a eletricidade deixar minha pele e eu conseguir sair.

A luz verde foi embora e eu estou no escuro de novo, olhando para o poste, no memorial.

Ou onde ele deveria estar.

Uma fita branca esfarrapada está pendurada ali. Há alguns pedaços de papel, algumas pétalas de flores mortas sobre a calçada e parte de um cartão que diz *Para sempre em nossos corações*. Não há uma única foto. Arranco a foto de animadora de torcida do meu bolso e a movo no sentido horário, observando o poste, mas não há mais nada lá, nenhum vestígio do resto do memorial de Viv.

Olho para a foto na minha mão e inspiro fortemente quando vejo o sorriso de Viv. Quanto tempo se passou desde que eu respirei?

Tempo suficiente para derrubar um memorial?

Isso é impossível... Isso é doentio.

Nem Logan faria uma coisa dessas.

Talvez a luz verde tenha evaporado tudo.

Mas por que não eu?

Uma brisa surge, arrepiando meu corpo e clareando minha mente.

As palavras de Nina me assombram novamente. *Isso se parece com minha casa...*

Meu estômago revira. Diante de mim, a escola está escura, mas a forma é familiar. Esforço-me para olhar o poste mais uma vez, os cartões e a fita remanescentes, e então a janela da sala de artes — intacta. Engulo em seco. Meus olhos passeiam em busca de algo mais, algo seguro e reconhecível. O ponto de ônibus está sujo e abandonado na esquina do outro lado. Aos meus pés, os arbustos ainda estão disformes por causa do acidente de carro.

Cubro minha boca, mas não consigo fechar os olhos.

ONZE

NINA MORA NA GENESEE STREET. LEMBRO-ME DE TER ACHADO ISSO estranho porque Mike mora na Genesee Street e ele não pareceu reconhecê-la no restaurante. Mas ela é a única pessoa que *conheço* que atravessou a luz, então é a única que talvez seja capaz de me dizer por que as coisas estão erradas... Espero. Quando chego à Genesee Street, não me lembro do endereço exato. Vinte e seis? Vinte e quatro? Caminho devagar pelo asfalto, parando na casa do Mike, número 17.

Parece exatamente do jeito que a casa dele sempre foi. Continuo andando.

Paro por um bom tempo em frente ao número 24. Ela se parece com todas as outras casas da rua. Dois andares, comum, escura. Penso em Nina dizendo que foi expulsa da casa da amiga. Penso no memorial de Viv que sumiu.

Vou até a calçada desnivelada da frente, tentando decidir o que farei se esta for a casa errada. Devo correr? Tentar explicar? Não faço ideia de que horas são, se é muito tarde ou muito cedo. Estou a meio caminho da porta quando algo capta minha atenção: uma luz em uma janela do número 26. Está acesa no andar de baixo, nos fundos da casa. Olho para os degraus escuros da escada diante de mim e volto em direção à janela iluminada ao lado. Pelo menos se eu tentar lá primeiro, não estarei tirando ninguém da cama.

Corto caminho pelo gramado para chegar à calçada vizinha, então sigo até a porta da frente. Mas quando coloco meu polegar sobre a campainha, penso duas vezes. E se esta não for a casa dela e eu estiver prestes a incomodar alguma família aleatória? E se ela *estiver* ali? Será que vai agir como se me conhecesse? Vai fingir que não me conhece? Eu não vou deixá-la fugir dessa vez.

Sou surpreendido por um som alto dentro da casa. Tiro a mão da campainha, onde encostei com força demais.

Corro? Explico?

Leva uma eternidade até eu ouvir um movimento lá dentro, e percebo o quão idiota isso é. Deve ser três, talvez quatro horas da manhã, e eu estou tocando a campainha de um estranho. Se fosse minha casa, eu não iria atender, ou se eu atendesse...

A tranca desliza na porta.

Engulo em seco e dou um passo para trás.

Abre-se uma fresta na porta e alguém espia.

A luz da varanda é acesa e eu pisco com o brilho intenso. O olho castanho que está me olhando arregala-se. Ouço um arfar. Um videogame portátil se espatifa no chão.

— Owen, o que você... — diz a voz de uma menina.

A porta se abre e Nina olha para mim, boquiaberta.

— Cam...

Ela não está usando avental. Ela não está rindo. E não está verde. Os olhos estão arregalados. Há um garoto de pijamas segurando a porta. Ele parece ter uns 10 anos e é branco feito um lençol. Ela olha para ele como se tivesse acabado de notar que está lá e fecha a porta na minha cara.

Até agora está indo melhor do que no restaurante.

Através da madeira, ouço vozes murmurando e, quando a porta finalmente reabre, Nina está sozinha. Ela desliga a luz da varanda, olha de um lado a outro da rua e me escolta porta adentro. Assim que entro, ela vira a tranca, olha para mim como se eu estivesse doente ou algo assim e então se atira em direção ao interruptor de luz. A entrada à meia-luz fica escura. Ela desliza para perto de mim, roçando em meu braço. Afasto-me... e me sinto um idiota. Ela puxa as cortinas rendadas de cada lado da porta, mas a lua está brilhando pelas janelas tão intensamente que não sei por que ela se deu ao trabalho.

Ela para e olha para mim como se estivesse avaliando algum problema. Estou tremendo, mas não acho que seja por causa do frio. Não consigo tirar da cabeça a lembrança dela no restaurante, o olhar de pena em seus olhos. Piedade para com um estranho.

— Diga o que está acontecendo — pergunto.

— O quê?

— O que é essa luz verde? O que ela faz? E por que você fingiu que não me conhecia no restaurante?

Ela começa a falar, mas eu a interrompo:

— Como você sabia meu nome antes de eu te conhecer? Se você mora na rua do Mike, por que não frequenta nossa escola? — Penso na fita esfarrapada no poste vazio. — E por que diabos acabaram com o memorial da minha namorada?

Nina olha para as escadas que levam a um corredor escuro. Ela se apressa para fora da sala sem dizer nada, e eu a sigo até a única fonte de luz da casa — a cozinha. Ela fecha a porta atrás de mim e nos flagramos em um aposento amarelo. Armários amarelos, balcões amarelos... Até mesmo cadeiras de plástico brancas e amarelas que parecem pertencer a uma sala de conferências de uma nave espacial. Ela atravessa a sala e fecha a porta que nos leva a outra escada estreita.

— Eu não quero que meu irmão te ouça — fala. — Você já o assustou o suficiente.

Noto, pela primeira vez, que ela está vestindo uma calça jeans e um suéter. Ou ela acorda absurdamente cedo ou ainda não foi dormir.

— O que ele tem?

Ela hesita.

— Ele está doente. Eu tinha acabado de acalmá-lo mais uma vez quando... você apareceu. — Ela joga as mãos para o alto. — Por que você atravessou para cá?

Eu pisco. Eu não deveria ter que justificar nada para ela, ela é quem deveria explicar coisas para mim.

— Você ao menos sabe onde está? — pergunta.

— Sei que estou a ponto de bater em alguma coisa. Com força.

— Não, por favor, não. — Ela fecha os olhos e esfrega a testa com uma das mãos. — Olha, agora você está na minha casa, que não é minha casa lá no lugar de onde você veio. Eu não entendo realmente por quê, mas é como se... o lugar de onde você vem e o lugar do qual venho fossem iguais. Só que diferentes.

Uma porta bate na frente da casa.

Nina vira a cabeça bruscamente em direção à porta fechada da cozinha.

— Owen? — chama ela.

— Sou eu — responde uma voz feminina. — Você acordou cedo.

Chaves são lançadas sobre uma mesa. Escuto um farfalhar como se uma jaqueta ou um par de botas estivessem sendo removidos. Nina vira o rosto apavorado para mim. Ela agarra meu braço e tenta me empurrar para a porta dos fundos. Planto meus pés no piso. Ela empurra com mais força, mas seu tamanho não é nada contra um ex-astro do futebol.

— Saia daqui! — sussurra ela.

— Quem é?

— Apenas... vá embora! Vá embora... por favor!

Nina não consegue me levar à porta dos fundos depressa o suficiente, mas quando puxa a maçaneta de bronze arranhada, ela não se mexe. A mão dela se move automaticamente para a fechadura, mas não há nenhuma chave. Ela tateia um gancho vazio na parede. Eu mesmo puxo a porta algumas vezes, como se o tamanho da urgência fosse a combinação da tranca. No hall de entrada, a mulher começa a soltar uma tosse seca, de fumante, e percebo que está vindo em direção à cozinha.

Nina gira e olha para mim como se a polícia estivesse lá fora e eu fosse um objeto roubado. O olhar dela se fixa em um lugar ao longe, para uma porta diferente da que ela havia fechado.

— Para cima! — sussurra, arrastando-me.

— Sem chance...

— A tia Car estará dormindo daqui a 15 minutos. Fique no meu quarto até lá.

— E depois?

Já estou no segundo degrau tentando sussurrar para ela, mas a voz da mulher — Tia Car, presumo — me obriga a passar para o segundo nível da escada. Saio tropeçando pelo último par de degraus que leva ao corredor do andar de cima.

— Owen tem que voltar para a escola hoje. Eu te disse...

— Ele vai... — insiste Nina.

Uma porta do armário bate. A voz suspira pesadamente.

— Ótimo. Tive uma noite e tanto. Garanta que ele entrará no ônibus. Vou dormir.

— Não, espere. Eu poderia... fazer panquecas para você! — A voz de Nina eleva-se demais.

— Panquecas?

— Eu via fazer de qualquer forma... para Owen.

O leve cheiro de panquecas sobe pelas escadas.

— Eu estou bem. — A voz de tia Car está mais alta, mais perto, e parece que sua boca está cheia. — Esse tipo de coisa sem açúcar é uma porcaria.

Nina grita:

— Bem, durma bem... *aí em cima*!

Passos pesados sobem em minha direção. Afasto-me das escadas. Há duas portas à minha direita, ambas fechadas. Há um quarto aberto em frente a elas, perto de um banheiro. O corredor desaparece depois de uma curva que leva para não-sei-onde. Somente uma porta é a escolha errada, o quarto da tia. Entro pela única porta que está aberta.

Fecho-a atrás de mim com um clique.

Os passos chegam ao topo da escada e há uma pausa. Ouço alguém mastigando alto, aproximando-se da porta.

Prendo a respiração.

Uma porta se abre e se fecha do outro lado do corredor. Recosto na madeira e deslizo até o chão.

Alguém tosse atrás de mim e eu giro.

Owen está sentado sobre uma colcha decorada com bolas de futebol americano e linhas de jarda. Ele está com o videogame em suas mãos novamente, mas perdeu o interesse nele. Está me encarando como se eu fosse algum tipo de aberração.

— Desculpe... quarto errado — sussurro. Alcanço a porta, porém hesito. Não há como a tia de Nina já estar dormindo, e não sei o que vai acontecer se eu for pego. Olho de novo para o garoto, que ainda parece estar completamente apavorado. — Hum, você se importa se eu ficar aqui por um segundo?

Ele abre a boca, mas balança a cabeça. Seu cabelo é mais escuro do que o da irmã, mas eles têm exatamente os mesmos olhos castanhos e nariz sardento.

— Obrigado.

Esfrego meu joelho e olho ao redor. É bem esquisito. Há uma TV velha ao pé da cama e cartazes de vários times profissionais nas paredes, embora a maioria seja dos Cowboys. Alguns troféus pontilham a estante. Eu costumava ter um monte iguais àqueles.

— Aposto que você gosta de futebol americano — murmuro.

Algo se acende nos olhos vazios do garoto.

— Estou treinando meus lançamentos profundos — diz ele com alguma hesitação. — Lançar usando os quadris, como você disse.

Como eu disse?

— Sim, é assim... que você deveria fazer — digo, desviando o olhar dele.

Se ele não fechar a boca e piscar logo, vou embora. Não quero saber quem vai me ver.

— Então... doeu? — pergunta ele.

Tiro dos olhos dos cartazes. Ninguém nunca me perguntou isso, com exceção de Viv. Em minha mente lampejam as cores da escola, vermelho e branco, depois azul e laranja — *está bem aberto, meus pés estão voando — depois o impacto.* Esfrego a cicatriz acima do meu joelho.

— Sim. Doeu.

A porta se abre num rompante, batendo na minha omoplata.

— Ai.

— Shhhhh! — sibila Nina. — O que você está fazendo aqui? Eu disse para esperar no *meu* quarto.

Viro as palmas para cima.

— Eu não...

— Você está bem, O? — interrompe Nina, voltando-se para o irmão, preocupada. — Desculpe-me por isso, me dê quinze minutos... Trarei as melhores panquecas que você já comeu. Você está bem?

— Estou bem. — O rosto dele ruboriza. — Me deixa em paz.

— Quinze minutos — promete ela, empurrando-me em direção à porta.

Ele a ignora e olha para mim.

— Cam?

— Sim?

— Não dói mais?

Nina me arrasta para fora do quarto antes que eu possa responder. Ela fecha a porta gentilmente atrás de nós e me leva a uma das portas fechadas do outro lado do corredor.

Ela está segurando minha mão. Puxo a mão quando ela vira a maçaneta. Ela olha para trás, surpresa por um segundo, mas depois leva um dedo aos lábios e aponta para o quarto seguinte. Um ronco profundo e baixo sobe e desce através das paredes. Eu a sigo até um quarto branco e vazio.

A cama está bem feita, coberta por uma colcha branca. Há uma cômoda desgastada perto do armário e uma mesa pequena sem nada em cima, exceto por algumas canetas em uma caneca. Há um pufe vermelho no canto sob uma janela, ao lado de uma estante precisamente organizada. Não há roupas no chão. Nem mesmo um par de sapatos. Fico com medo de tocar em qualquer coisa.

O quarto de Viv estava sempre bagunçado, assim como o meu — bem, talvez não tão ruim quanto está agora. A única cadeira do quarto dela estava sempre amontoada com roupas que ela intitulava como "nem limpa, nem suja". Ela pregava fotografias e anúncios de revistas em todas as paredes, intercaladas com citações e frases de livros, filmes ou conversas de outras pessoas.

As paredes de Nina são vazias, perfeitamente brancas, como uma cela. Seu quarto parece mais um quarto de hóspedes, como se ninguém vivesse ali. Há marcas no espelho como se ela costumasse ter fotos coladas nele. Em uma prateleira há uma pequena foto em um porta-retrato que se parece com uma daquelas cabines de telefone vermelhas britânicas. A fotografia tem um homem, uma mulher com um bebê, e uma menina. Ela tem cabelo cor de cobre e um sorriso expansivo, igual ao que Nina deu no restaurante.

— Por que seu irmão caçula age como se me conhecesse? — pergunto.

— O quê? — Ela olha pela janela, para longe de mim.

— Por que Owen age como se me conhecesse... e você age como se me conhecesse... com exceção daquela noite no restaurante?

Ela não diz nada, apenas permanece olhando a janela.

— Olha, eu nem estou mais zangado — minto. — Só quero saber por quê.

Nina finalmente se vira, e há lágrimas em seus olhos.

— Você é o meu... melhor amigo.

Eu não estava preparado para isso. Hesito, sem saber o que dizer — eu nem sequer conhecia essa garota até semana passada. Ela enxuga o rosto e sua expressão fica vazia novamente, sem emoção, como se ela estivesse recuperando algum tipo de autocontrole militante. Ela respira fundo.

— Olha, você passou pela luz verde, certo?

— Passei — digo. — O que *é* aquilo, aliás...

— Alguém te viu?

— Por que isso importa?

— Importa, Cam... Alguém te viu?

— Quem se importa?

Nina faz um barulho e, a princípio, penso que está rindo, mas ela tira o cabelo do rosto e percebo que sua mão está tremendo. Os olhos estão tão sérios que eu desejo desviar o olhar.

— *Essa* Fayetteville já tem um Cam — diz ela.

Tento assimilar o que ela disse, e minha pele parece formigar novamente.

— Então você não pode... É só que seria ruim... Se alguém visse você. — O sussurro dela é tão baixo que eu tenho que ler a última parte em seus lábios.

Lembro-me dela na minha cozinha, falando histericamente sobre a casa dela não ser a dela. Depois penso na janela da sala de artes com tapumes no colégio. E na que eu vi esta noite, que parecia nunca ter sido danificada. Espero ela piscar ou se contorcer ou *qualquer coisa*. Ela finalmente pisca.

— *Essa* Fayetteville? — repito.

Ela passa por mim em direção à mesinha de cabeceira e começa a revirar a gaveta. Meu olhar vagueia pela janela procurando por segurança, em direção às casas da Genesee Street. Elas estão como deveriam estar, como sempre estiveram. Como poderia ser diferente? Nina pega alguma coisa e fecha a gaveta.

— Isso foi no verão passado, no lago. — Ela me entrega uma fotografia.

Meu estômago revira.

Somos nós. Eu e Nina, rindo e segurando um peixe de pelo menos 3 metros de comprimento. Ela segura uma extremidade dele, eu a outra, e nossos braços livres abraçam-se. Trago a foto para mais perto do rosto, procurando sinais de Photoshop, mas, se tem, não consigo notar. Reconheço o litoral ao fundo. Eu seria capaz de visualizar os pinheiros ao longo daquele cume com os olhos fechados. Nós temos um barco lá — *tínhamos*, antes de papai ir embora —, e vejo sua proa azul e branca acima dos ombros de Nina na foto. A doca estende-se atrás de nós. Quase posso ouvir o som da água batendo nas tábuas.

— Isso não é possível — digo, esquecendo-me de sussurrar. — Eu não vou ao lago há dois anos. Papai vendeu esse barco quando ele e mamãe se divorciaram.

— Ele cancelou a venda... quando você ligou para ele — diz ela.

Balanço a cabeça.

— Sem chance e, além do mais, eu só estive lá com minha...

— Viv ainda era sua namorada — diz suavemente. Olho para ela sem palavras. O rosto dela ruboriza. — Eu te disse... Você é o meu melhor amigo.

Nina está com aquele olhar estranho que todo mundo faz quando vacila e diz o nome de Viv na minha frente.

Respiro fundo e olho para a fotografia, para mim... Posso chamá-lo de eu? O outro Cam tem cabelo mais curto, do jeito que eu costumava cortar para que meu capacete de futebol coubesse. E está rindo feito um idiota. O sorriso de Nina é grande também.

Pisco.

— Como?

— Eu também não entendo, mas Cam...

— *Não* existem dois de mim!

Ela range os dentes.

— Não, não existem. Você é *você*... No seu mundo.

Meu mundo? Meu mundo... Tudo em que consigo pensar é que quero voltar para casa — onde o memorial de Viv ainda está de pé e meu pai não possui mais um barco. Alcanço a maçaneta.

Nina voa e fica entre mim e a porta.

— O que estou tentando dizer é... Você *não* pode ir lá para fora agora. Você me viu ontem à noite, não foi? Só que não era eu?

Lembro-me dela usando aquele avental verde do restaurante, enrugando suas sardas ao sorrir. Minha pele fica fria e úmida.

— Acho que sim...

A voz dela está tremendo agora.

— Como ela era?

— Ela era exatamente como você.

Ela dá um sorriso tenso e se aproxima. Posso ver as mesmas sardas no nariz, mas elas não se mexem.

— E ela agia como eu também?

Balanço a cabeça.

— Não.

— Ela era diferente como?

Penso por um instante.

— Ela parecia mais... alegre. Ou algo assim.

O rosto de Nina se fecha.

— Viu? Você consegue perceber que não era eu. Assim como todo mundo aqui irá perceber que você não é o nosso Cam.

Penso em quando vi Nina pela primeira vez, e imagino como eu teria reagido a uma visão verde transparente de mim mesmo. Coloco a mão no bolso e toco a fotografia de Viv.

— Então eu devo partir — digo.

— Olha, você tem que ir embora. Mas se você for agora, alguém pode vê-lo atravessando.

Olho pela janela, flagrando o início de uma luz rosada do amanhecer. Até eu voltar para a escola já será dia.

— Se eu correr...

— É tarde demais...

Ela cruza os braços, o que é bem idiota porque eu poderia empurrá-la facilmente, estando em forma ou não. Mas ela tem razão sobre não ser visto. Não estou superansioso para dar de cara com alguém que poderia pensar que eu sou *ele* agora. Olho para nossa foto — a foto deles — e esfrego o queixo, sem ter certeza se meu rosto sequer é capaz de fazer aquela expressão. Só tenho certeza de que preciso fazer a barba. Olho para o rosto solene de Nina. Percebo novamente como ela é o oposto, ambos somos, das nossas outras... versões. Por que ela tem um emprego e ele um barco, e nós não? Por que ela não enruga as sardas quando sorri? O que o faz parecer tão feliz nessa foto?

DOZE

NINA FECHA A PORTA, E EU A OUÇO DESCER SILENCIOSAMENTE A FIM de pegar o café da manhã para o irmão. Sem ninguém para conversar, meus ouvidos sintonizam no barulho vindo da parede. Tia Car soa como um trem de carga abafado, mas enquanto ela estiver roncando ninguém se mete em encrenca. Vagueio até a janela. O Toyota vermelho-ferrugem de Mike está estacionado na frente da casa dele — nada de extraordinário até aí. Ando de volta. Tiro um lápis da caneca e o coloco sobre a mesa vazia. Não sei como a Nina aguenta este lugar.

A fotografia está virada para baixo sobre a cômoda. Penso em dar a boa notícia para a Dra. Summers: sou perfeitamente são, o *mundo* é que enlouqueceu. Mundos? Eu gostaria de ter aprendido física, prestado mais atenção em matemática ou algo assim. Levanto a borda da foto e a comparo com o outro "eu". Tentar compreender isso está me dando dor de cabeça.

Passeio pelo quarto, mas com essa meticulosidade maluca fica difícil ser intrometido. Tem uma boneca de pano surrada na cama, mas até seus braços estão perfeitamente dobrados no colo. A porta do armário está entreaberta, então espio dentro. Tem cheiro de cedro. As roupas de Nina estão penduradas e organizadas por comprimento, em um esquema de cores escuras tediosas. Percebo uma pilha de cartazes emoldurados virados para a parede, atrás da porta, e isso desperta meu interesse. Puxo o primeiro para dar uma olhada. É um pôster do filme A *Noite dos Mortos Vivos* original. Folheio os outros quadros e encontro uma tonelada de clássicos. *O poço e o pêndulo, Suspiria*, *O Exorcista*, até mesmo *Carrie, a Estranha*. Vi todos esses, e os amava, apesar de Viv odiar filmes de terror. Olho para as paredes estéreis do quarto de Nina e depois para os cartazes brilhantemente coloridos dos filmes. Estranho.

Fecho a porta do armário e estudo as fileiras insanamente alinhadas da estante, que, reparo, estão inclusive em ordem alfabética por autor. A maioria é ficção — alguns títulos contemporâneos, alguns clássicos que reconheço da escola. Avisto uma cópia bem usada de *Ethan Frome*, entre outros. Talvez Nina possa me ajudar a estudar. Na fileira inferior, um volume de capa dura vermelha sobressai na prateleira. Fico instantaneamente curioso. É o único livro que não combina com o padrão obsessivo-compulsivo. É muito alto e muito largo.

Eu me curvo para puxá-lo, fazendo uma pausa para ver se escuto os passos de Nina retornando. Tudo o que ouço pela parede de gesso são roncos. Agarro a lombada vermelha do livro e o tiro da prateleira.

Tenho que admitir que estou interessado. Existe outro Logan West nesse lugar? Faço uma careta. Talvez ele se pareça com o idiota que realmente é em todas as fotos... Talvez eu descubra mais sobre minha melhor amiga Nina, talvez eu veja Viv. Meu coração acelera até eu me lembrar do memorial esfarrapado e dos arbustos mutilados perto do poste *nesse* mundo. Tenho que fechar os olhos até que eles parem de arder. As coisas aqui são inutilmente mais parecidas do que diferentes. Deslizo a mão para dentro do bolso onde está a foto de animadora de torcida do anuário, tirada quando éramos do primeiro ano. O livro que tenho em mãos é do ano passado, segundo ano. Nenhum de nós estará nele de qualquer forma.

Folheio as páginas aleatoriamente. Algumas são em preto e branco, outras coloridas. Fileiras e fileiras de rostos, alternados com textos no estilo publicações de revistas sobre a *Vida no Fowler High*.

Paro de folhear.

Aí está Viv. Em cores.

Seu sorriso é tão grande que parece atravessar toda a página. Ela está usando um vestido de seda vermelho que molda seu corpo como se tivesse sido costurado nela. Pessoas inclinam-se para perto dela de ambos os lados. Corações de papel estão espalhados pelo ar. Há uma tiara no cabelo preto preso. Ela está embaixo de um cartaz que diz BAILE DO DIA DOS NAMORADOS, REI E RAINHA VERMELHOS, segurando o braço de um cara com aparência rígida que usa smoking.

Pisco.

Sou eu.

Afundo no pufe e tento decifrar os outros rostos — Tash Clemons de rosa, Nikita Roberts de branco. Elas estão perto de Viv, como se fossem suas assistentes ou algo assim. Mike se esconde em uma sombra à minha direita; um grupo de pessoas se aglomera abaixo do palco. Todo mundo está sorrindo tanto quanto Viv. A dor de cabeça que venho nutrindo liberta-se dentro do meu crânio. Minha visão embaça.

Mas nós não frequentamos bailes...

Fecho o livro com força.

Seguro as bordas duras do anuário, como se a pressão pudesse mudar o que vi lá dentro — Viv e eu em um baile ao qual nunca fomos, coroados Rainha e Rei Vermelhos por todos que odiamos? Eu o abro novamente e passo pelas páginas, procurando por *alguma coisa* familiar — alguma coisa verdadeira. O sorriso cheio de covinhas de Logan passa por meus olhos, e volto para a foto com mais cuidado. Está em uma página dupla dedicada ao time de futebol americano dos Rams.

A legenda da foto é: *Capitães de Times Universitários.* No campo, usando ombreiras e uniformes, estão Logan West e Rashad Davis, *running back* veterano, estrela do ano anterior. Eles estão no campo com o capacete na mão, ajoelhados cada um de um lado de um sujeito... *eu.*

Tudo que consigo fazer é olhar.

Estou usando nosso uniforme vermelho e branco, segurando uma bola, sorrindo como um idiota. Alguém deve ter armado a foto, porque não só Logan está ajoelhado aos meus pés, como pareço ser o dono do campo. Meu estômago se contorce — mas me lembro de respirar — até uma manchete no topo da página chamar minha atenção:

> QUARTERBACK DO FOWLER HIGH SUPERA LESÃO DEVASTADORA E BATE RECORDE DO SEGUNDO ANO.

Tento engolir, mas minha boca está muito seca. Corro os olhos pelo artigo, fitando rapidamente as outras fotos. *Camden Pike... perna direita quebrada... no jogo de Boas-Vindas do ano passado...* Tem uma foto minha correndo, olhando por cima do ombro, sem ver o *linebacker* vindo em minha direção em velocidade máxima. Reconheço o último momento do meu último jogo e cubro os olhos.

Puxo meu joelho dolorido em direção ao peito.

Um instante, só foi preciso isso. Minha vida parou de girar em torno de agendas e treinos e tornou-se uma névoa de dor entre as doses de morfina. Disseram que eu voltaria a andar, mas a temporada continuou sem mim. Às vezes a equipe até vencia com Logan. Eu não tinha importância. Nada importava mais.

Corro a mão trêmula pela foto dos capitães. Tenho medo de tocá-la.

Entre meus dedos vislumbro Viv na linha lateral, com pom-pons e rabo de cavalo, preenchendo seu uniforme com formas com as quais sou *muito* familiarizado. A dor chata migra da minha perna para a virilha.

— Ei, pensei que deveria ver se você está com fome...

Nina para quando vê o livro no meu colo. Ela fecha a porta.

— É o meu anuário — diz ela.

— Definitivamente não é o meu.

Ela inclina-se contra a porta desajeitadamente.

— Engraçado... — Levanto-me e seguro a foto em frente ao rosto dela. — *Seu* melhor amigo é o capitão da equipe, o maldito Rei Vermelho, e sua namorada animadora de torcida era invejada na escola...

— Abaixe a voz — sussurra Nina.

— É por isso que você não quis que eu andasse pelas ruas? — pergunto. — Medo de eu esbarrar em alguém sendo *tão* diferente dele?

Meu joelho lateja. Olho com firmeza para ela, mas ela não olha para mim, não fala. Passo por ela ao buscar a porta.

— Você não pode ir embora...

— Foda-se.

— Não, minha tia!

Saio do quarto e estou no meio do corredor quando escuto uma porta se abrir atrás de mim e uma voz sonolenta falar:

— Nina, o que você... Mas aquele parece...

Desço as escadas e saio antes de escutar a resposta dela.

Ainda está frio do lado de fora, mas o sol parece disposto a perfurar as nuvens. Cuspo na calçada da frente ao sair. Na esquina da Genesee Street, percebo que ainda estou segurando o anuário de Nina. Cogito lançá-lo no quintal de alguém, mas, em vez disso, o viro, estudo a capa de couro vermelho e o coloco debaixo do braço. Não estou pronto para me desfazer de qualquer coisa que tenha uma foto tão bonita de Viv, não importa o quão difícil seja vê-la. Ela parecia mais feliz do que jamais a vi, nos braços de seu *zagueiro* famoso. Meu estômago revira ao pensar nisso e eu mordo o lábio com força para me lembrar de respirar. Examino a rua, mas não vejo ninguém, o que é uma pena, pois vou mandar quem quer que esbarre comigo se ferrar. O outro "eu" pode lidar com isso. A vida dele é perfeita o suficiente.

TREZE

HÁ UMA MARCA NO TETO DO MEU QUARTO QUE SE PARECE UM POUCO com Júpiter, com direito a uma grande mancha vermelha. Fiquei olhando para ela durante o dia todo, desde que me obriguei a voltar pela assustadora luz verde e vir para casa. Tenho certeza de que se eu continuar olhando, ela vai começar a orbitar pelo meu quarto.

Hoje, isso não iria parecer tão estranho.

Meu telefone toca, diretamente no meu ouvido. Tateio embaixo do travesseiro, apalpando através dos lençóis desfeitos ao lado da minha cabeça.

— Alô?

— Camden? Onde você está? Seu turno começou há vinte minutos.

Olho pela janela. É quase anoitecer.

— Merda.

— O quê?

— Desculpe-me, senhor, eu...

Olho para meu armário e tento pensar em um pretexto. Algumas camisas estão penduradas, mas a maioria das minhas roupas está jogada no chão, estilo avalanche. Uma manga branca projeta-se como uma bandeira de rendição. Uma camisa branca com um número cinco vermelho estampado. Meu punho aperta o telefone. O *outro* eu de algum modo usou esse número também.

— Eu me demito.

Desligo o telefone. É muito mais fácil furar com alguém quando você não tem que ouvir sua voz irritante.

Enfio a pilha de roupas dentro do armário e encosto na porta para que eu não tenha que ver aquela camisa vermelha e branca, ou pensar nela. Como eu poderia — *ele* poderia — estar jogando futebol? Ele não pode ter tido a mesma lesão; talvez essa seja a diferença. A dor era... Eu estava tão dopado, não consigo me lembrar da dor. Mas no primeiro dia que me fizeram tentar a fisioterapia, só tentar *andar* era mais difícil do que qualquer treino que o treinador Reed já havia dado.

Os médicos disseram que era improvável que eu pudesse jogar novamente. *Improvável* — não se incomode, garoto, sua carreira acabou. Viv estava lá. Ela segurou minha mão quando disseram isso. Eu me segurei até todos irem embora, antes de finalmente desmoronar, e ela subiu cuidadosamente na cama para ficar comigo. Acariciou meu cabelo, mais comprido do que costumava estar fazia algum tempo, e me disse que gostava dele mais longo. Então encostou o rosto no meu e me tranquilizou. *Quem precisa de futebol quando temos um ao outro?*

Ela ficou ali ao meu lado, dia e noite, enquanto tudo à nossa volta dava errado. Papai foi embora naquele mesmo mês. Mamãe se transformou em um grande zumbi viciado em trabalho. Sem mim, o time perdeu a temporada.

Mas eu ainda tinha Viv.

O anuário de Nina está no pé da cama. Abro-o na foto do Rei e Rainha Vermelhos e trilho o dedo sobre o lindo sorriso de rainha de Viv. Ela só desistiu de ser animadora de torcida quando abandonei o futebol. Não acho que ela tenha percebido que escolher a mim ao invés deles lhe custaria os amigos. Mas... isso... É como se a foto restaurasse o devido lugar dela no universo.

Eu me pergunto se ela era mais feliz dessa forma.

Por volta das dez, meu estômago me acorda. Manuseio meu iPod e tento ignorar os roncos infelizes, mas depois de um tempo parece que ele está começando a corroer-se, então cambaleio até a cozinha. Toda a casa está escura. Não há nenhum carro na garagem. Ou mamãe desmaiou no escritório, ou está trabalhando até tarde. Não há nenhum bilhete na fruteira.

Pego a caixa de cereal, mas há apenas um resto velho no fundo. Fuço a despensa e a geladeira até encontrar alguns waffles no fundo do congelador, atrás de algumas trutas em um saco plástico, produto da última vez que papai e eu fomos para o lago. Definitivamente fora de validade. Asso os discos amarelos até ficarem mastigáveis, os encho com manteiga de amendoim, que nunca é ruim, e volto para minha cama.

No meio do caminho para a sala, percebo a luz de mensagem piscando no telefone sem fio. Chupo a manteiga de amendoim dos meus dedos e escuto uma mensagem de voz da secretaria do colégio reclamando de minhas faltas, uma do meu mais recente *ex*-chefe e duas de papai que apaguei sem ouvir. Apago o registro das chamadas e volto para a fruteira.

Mãe,
Fiquei em casa doente. Já me sinto melhor.
Talvez precise levar um bilhete amanhã.
Cam

Lanço o anuário para debaixo da cama e caio nela. Meus lençóis estão com um cheiro podre. Adormeci vestindo calça jeans e agora elas estão machucando minha virilha. Fico de cueca, viro o travesseiro e tento não pensar. Em luzes verdes, Nina, futebol americano, Viv ou em qualquer outra coisa que poderia ter acontecido. Coloco para tocar no meu iPod algo sem letra e com muita harmonia de baixo.

Estou quase dormindo quando a bateria começa a tocar muito forte, fora de sincronia com a batida. É irritante, porque gosto dessa música, mas ela para tão abruptamente quanto começa. Rolo para ficar contra a parede, mas ela começa de novo, ressoando nos meus ouvidos... e diretamente nos meus ombros. Aperto o botão que pausa. O compasso repete, batendo na janela acima da minha cabeça, seguindo um padrão de urgência: 4-2-3. Fico arrepiado.

É a forma que eu e Viv sempre usávamos para anunciar nossas visitas.

Abro a cortina — e vejo o rosto de Nina através do vidro. Meu pulmão relaxa, deixando o ar entrar e sair novamente.

Sempre é Nina, nunca Viv.

Deixo de lado o lençol que enrolei no punho, ficando cada vez mais irritado e menos assustado. Abro a janela.

— O que você quer?

— Nós precisamos conversar. Deixe-me entrar.

— Por que se preocupar comigo? Por que você não vai falar com *ele*?

Ela fecha os olhos.

— Apenas deixe-me entrar.

— Ninguém atravessa essa janela sem pelo menos dois cigarros — digo. Uma lembrança de Viv puxando a cortina com dois entre os lábios me fez desejar não ter dito nada.

Nina me ignora e escala o parapeito acima de minha cama como se já tivesse feito isso algumas vezes. Ela está usando botas marrons altas e uma meia-calça grossa que não posso deixar de notar quando as pernas dela ficam penduradas sobre minha cabeça.

— Você não fuma — diz ela, esticando-se e ajeitando a saia.

— Sério. — Cruzo os braços. — O que mais *eu* não faço?

Ela enrubesce.

Olho para ela do mesmo jeito que costumava olhar para Viv quando eu estava tentando vencer uma briga. Ela não resiste muito tempo — ela não é Viv.

— Deus. — Ela para. — Você é diferente... Mas é exatamente como ele às vezes.

— O cara tem meu rosto, mas isso é tudo — sussurro.

Espero ela se sentar para conversar, mas ela apenas fica lá em pé. As costas estão retas, como se estivesse se preparando para fazer um discurso. Meus olhos seguem os dela em direção à cadeira derrubada, o estéreo extinto e uma pilha de lixo soterrando o laptop sobre a mesa. Ela está no único lugar vazio do tapete verde — se bem que, ao fazer uma inspeção mais cuidadosa, percebo que está cheio de migalhas. Os olhos dirigem-se em minha direção, depois se voltam para o chão. Eu gostaria de estar vestindo uma camisa. E de ter trocado os lençóis.

— Olha — diz ela. — Eu só vim aqui para dizer para não atravessar... aquela coisa de novo. Não é seguro. — Ela esfrega as mãos como se estivesse tentando se livrar de uma sensação desagradável.

— A tal luz verde? — pergunto. — Eu não estava planejando fazer isso...

— Ótimo — diz ela com firmeza. — Eu não sei o que é ou como apareceu lá, mas parece ser algo com o qual não devemos mexer... mais.

Estreito meus olhos.

— Você a atravessou só para me dizer isso?

— Sim... — Ela hesita e depois se move abruptamente em direção à janela. — Tudo bem, adeus.

— Espera... — Agarro-lhe o braço e nós dois olhamos para minha mão, surpresos. Solto rapidamente. — Há algo de que preciso saber.

— Quanto menos você souber, melhor — diz ela entre dentes.

— Você nem sequer me deixou perguntar ainda...

— Confie em mim, você não precisa.

O ar gelado flui pela janela aberta, dando-me arrepios, mas provavelmente é a única coisa que passa pelo estado do meu quarto. Vejo meu moletom preto preso entre a parede e a cama, puxo-o e enfio-o sobre minha cabeça. Nina está observando quando olho para cima. Suas bochechas ficam rosadas enquanto eu termino de vesti-lo. Desvio o olhar, gesticulando para ela se sentar na cadeira virada. Ela não se mexe. Seus olhos estão vazios. Odeio não saber o que ela está pensando, do jeito que eu sempre fazia sabia Viv.

Deslizo para fora da cama, balanço a cadeira, deixando-a livre de uma velha calça jeans e a coloco novamente no lugar.

— Por favor? — digo.

Ela suspira.

— O que você quer saber?

Caio de volta na cama, grato por pelo menos minhas cuecas estarem limpas.

— Não consigo jogar futebol desde... minha lesão. — Dizer isso em voz alta faz minha garganta doer. — Então... como *ele* conseguiu?

Ela esfrega a lateral da cabeça, pensando.

— Ele não ia jogar — diz ela lentamente. — Depois que conversou com os médicos a respeito, ele desistiu.

Inclino-me para a frente. Faz sentido...

— Mas então o que houve? O que aconteceu?

— Não sei. — Ela dá de ombros. — Ele mudou de ideia.

— Alguma coisa aconteceu diferente... Ele não estava seriamente machucado?

Ela balança a cabeça, anda alguns passos e afunda na cadeira. O rosto permanece sem expressão, exceto pela boca, que se mantém franzida como se estivesse pensando no que deveria ou não dizer.

— Sim, estava. Ele e Owen dividiram um quarto no hospital, eu estava lá — explica ela, olhando-me nos olhos. — Só que... Num dia ele tinha desistido, e no outro... Fui visitar Owen, e vocês... *eles*... estavam sentados na cama, falando de futebol.

— Owen? No hospital?

— Ele é diabético — murmura Nina. — Estava muito doente.

Tem alguma coisa que ainda não está batendo. Eu a observo, procurando um tipo de pista. Ela torce a bainha da saia, mas seus olhos ainda miram os meus.

— Humm. Então você é minha melhor amiga e não faz ideia de como voltei para o futebol?

— Não... Eu não o conhecia tão bem naquela época. — As bochechas coram novamente. — Mas sei que quando você coloca alguma coisa na cabeça... — Ela faz uma pausa. — Eu nunca vi nada parecido.

Olho para minhas palmas abertas. Meu pai costumava dizer algo parecido sobre mim. Mas esse cara, esse *eu*, ainda vai para o lago com o pai. Ele é o capitão da equipe. Tento imaginar o Rei Vermelho naquele quarto de hospital... Mas tudo que vejo sou eu. Havia uma cama vazia atrás de uma cortina... Mamãe dormiu lá durante algumas noites antes de voltar a trabalhar. Papai sentou-se na mesma cama, sem jeito, e me ofereceu gelatina. Viv sempre deitava na minha cama. Ninguém mais esteve lá, muito menos o irmão de Nina.

— Ele está realmente interessado em futebol americano... Owen?

— Quando ele chegar ao ensino médio, quer ser exatamente como... — Ela para.

Ambos desviamos o olhar. Se eu tenho certeza de alguma coisa é de que aquele garoto nunca vai querer ser como eu.

Ela se levanta e vai até a janela novamente.

— Tenho que voltar para ele... Adeus, Cam.

— Mas espere, você não está morrendo de vontade de descobrir tudo sobre a outra *você*?

Ela se vira.

— Na verdade, não.

Olho para ela, mas ainda não consigo ler sua mente. Ela tem que estar atuando. Quem não gostaria de saber como seria se sua vida pudesse ser diferente?

— Bem, suponho que você não trabalhe em uma lanchonete... Mas foi lá que eu te vi. Correndo, anotando pedidos... Trabalhando com um grande sorriso.

Aguardo que Nina reaja ou talvez ria diante da enorme diferença, mas ela apenas fica parada no frio, perto da janela.

— Ela não sou eu.

— Você não frequenta minha escola, caso esteja se perguntando...

— Eu não quero saber.

— Você não está nem um pouco curiosa?

Assim que digo isso, percebo... que eu estou curioso. O que faz a Nina que está na minha frente ser tão sombria, enquanto a garota que vi na lanchonete era toda "sorrisos" e tão ansiosa para agradar? O que há de diferente? Se Camden Pike tem tudo no mundo dela, ela também não deveria ter?

— Olha, preciso voltar. Owen está esperando por mim — diz ela. — Você não vai mesmo atravessar a luz novamente...?

Eu não falo nada, apenas balanço a cabeça.

— Certo — diz ela. — Eu só queria... Dizer adeus.

Ela vem em minha direção, hesita, então apoia o pé em cima da cama e escala por cima de mim com seu cabelo comprido chicoteando meu braço. Ela balança as pernas para fora da janela e seus pés trituram as folhas secas quando pula no chão. Sento-me, querendo dizer alguma outra coisa. Talvez perguntar onde estão os pais dela ou por que ela guarda cartazes de filmes de terror escondidos no armário. Mas quando olho pela janela, ela já havia desaparecido na noite.

QUATORZE

A DRA. SUMMERS FICOU FALANDO ETERNAMENTE SOBRE RESPIRAR fundo hoje, e isso foi tudo que pude fazer para conseguir manter minha bunda no sofá e encarar o tapete. Quando chego em casa, o bilhete da pizza está na cozinha novamente. Enfio o dinheiro no bolso e não me incomodo em escrever de volta. Ligo a TV e folheio o guia até encontrar algo sobre motocicletas. Nada como uma noite de sexta-feira sozinho assistindo às pessoas retalharem-se sobre duas rodas na lama.

Só que o programa não era nem um pouco sobre isso. Tem esse cara pulando empinado na roda traseira da motocicleta, mas ele está numa cidade, saltando com ela em docas de carregamento e andando sobre um carro estacionado. Ele faz umas manobras insanas, impulsionando a moto toda sobre uma lombada, a girando no ar e conseguindo pousar perfeitamente na calçada cheia de lixo. Finalmente, ele é mostrado carregando a motocicleta em um elevador de serviço e acelerando rumo a um telhado de um prédio velho de tijolos. Ele salta na borda do telhado e começa a pilotar por todo o caminho em torno dele. A câmera se aproxima do pavimento imundo oito andares abaixo e, quando volta para cima, mostra que a equipe removeu a roda dianteira da motocicleta. Meu estômago embrulha. Um movimento errado para a esquerda e o cara cai e morre sobre um pedaço de metal caro. Mas ele completa o circuito empinando, oscilando ligeiramente nos cantos e pulando para o enorme aplauso. Minhas mãos ficam cobertas de suor.

Acho que eu deveria ficar maravilhado com o que o cara idiota fez, mas só consigo pensar no que poderia ter acontecido. E se as calças dele ficassem presas e ele caísse da moto? E se o vento estivesse diferente, ou ele fizesse um movimento errado? E se *eu* tivesse feito escolhas diferentes? Se eu nunca tivesse deixado cair o isqueiro ou tivesse *voltado* a fumar, para começar? Será que as coisas teriam mudado se eu tivesse conhecido Nina e o irmão dela? Ou se Viv tivesse ficado com Logan? E se eu nunca tivesse abandonado o futebol e ela continuasse sendo animadora de torcida? O que teria acontecido se nós nunca sequer tivéssemos nos conhecido? Será que ela ainda estaria aqui, feliz e viva?

Desejo nunca ter aberto o anuário idiota de Nina.

Desligo a TV e vou para meu quarto.

Talvez a vida do outro Cam não seja tão boa quanto parece... Certamente o cara tem algum tipo de defeito. Vida perfeita, time perfeito, namorada perfeita... Minha respiração para e meus olhos ardem quando me lembro dos restos esfarrapados do memorial no lado dele.

Ele *fez* coisas de um jeito diferente, e ele a perdeu de qualquer forma.

Mas ele provavelmente não gostava dela. Não do jeito que eu gostei.

Acendo a luz e ajoelho-me para olhar os itens aleatórios que estavam reunidos como troncos à deriva debaixo de minha cama. Vejo meus fones velhos envolvidos em uma meia que parece imunda, e puxo toda a bagunça pelo cabo gentilmente. Juntamente à minha carteirinha da escola do primeiro ano, um *hashi*, um CD vazio e muita poeira, vem o anuário de couro vermelho. Caio na cama e o abro.

Há uma foto do Fowler High em todo seu esplendor arquitetônico dos anos 1960. O endereço está abaixo da foto, mas o restante do papel está em branco. Começo a virar a página quando algo chama minha atenção. Na aba de dentro, amontoado no canto, tem algo escrito à mão.

Olho mais de perto... E reconheço minha letra.

Então o cara tem meu rosto e minha caligrafia. Ótimo.

> N,
>
> *Você salvou minha vida.*
>
> C.

Leio o bilhete novamente. Nina me salvou? Do quê? Leio as palavras pela terceira vez, mas elas ainda não fazem sentido. Quebrei minha perna no jogo de Boas-Vindas, mas não havia risco de eu morrer. A única vez que cheguei perto de...

Engulo em seco e folheio as páginas do restante do anuário, mas não encontro qualquer outra anotação. Pulo a foto do baile do Dia dos Namorados porque não posso suportar ver Viv naquele vestido de novo. Tem um índice de nomes atrás, com um número de página para cada vez que alguém aparece em uma foto. Pulo Pike e Hayward, cada um seguido por uma sequência de números, até encontrar *Larson, Nina — página 32*.

As páginas grudam quando volto com o polegar para as fileiras dos alunos do primeiro ano... Mas eu a encontro na segunda linha, olhando para a câmera como se o fotógrafo tivesse lhe dito *Sorria!* e ela simplesmente não conseguisse, apesar do esforço. Pelo menos uma coisa neste livro é familiar. Apesar da expressão dela, é realmente uma bela foto. Seu cabelo está diferente em preto e branco — mais claro. A boca está séria, mas não sombria. Vejo-me desejando tê-la conhecido melhor, ou mesmo entendendo como nos tornamos amigos.

Fecho o livro e sento com as palmas pressionando os olhos até um redemoinho de cores surgir por trás de minhas pálpebras.

Visto uma roupa.

Eu nunca disse de fato que não iria passar pelo brilho verde novamente. Estou escondido atrás do memorial, ganhando coragem para enfiar minha mão no ar noturno. Olho para a janela fechada com tábuas da sala de artes — a que, definitivamente, não foi substituída ainda — e mordo os lábios. Nina está certa, provavelmente não é algo com o qual devemos mexer... Mas preciso saber o que o bilhete significa. Eu nunca teria escrito isso, então por que ele escreveu? O que aconteceu?

Passar pela estranha luz sobrenatural é muito mais fácil quando você sabe o que está te esperando do outro lado. O zumbido da eletricidade através de minha pele me deixa só um pouco enjoado desta vez, apesar de eu ter que abaixar um pouco para caber no espaço e de não me lembrar de ter feito isso antes.

Agacho pelos arbustos e deixo meu estômago assentar. O anuário de Nina está enfiado debaixo do meu braço esquerdo. Viro, tentando me orientar nos arredores... certificar-me de que estou onde acho que estou. Mas a janela da sala de artes agora está milagrosamente intacta novamente e não há mais do que um vestígio do memorial de Viv. Toco na fita branca suja amarrada em torno do poste e ela cai no chão como um anel de pano. Tem um toco de vela deixado na calçada e alguns pedaços de papel grampeados na madeira. Você pode dizer que havia um memorial ali, mas nunca saberia dizer para quem era.

Se *ele* aparecesse agora, eu iria espancá-lo. Viv morreu nesse lugar e ele não pode nem honrar a memória dela mantendo o memorial? Estou com nojo de mim mesmo por desejar o que ele teve. Superar uma lesão debilitante, salvar sua reputação, sua carreira... Qual o valor de tudo isso se ele não valorizou a coisa mais importante que tinha?

O sangue ruge nos meus ouvidos e eu me sinto consumido por uma necessidade de abraçar Viv, para que ela possa sentir a dor constante que percorre meu corpo, que não foi embora desde que vi todo aquele sangue e aqueles cacos de vidro. *Eu* a quero de volta. *Eu* convivo com o vazio da ausência dela. *Ele* nem mesmo sente a falta dela!

Seguro o anuário firmemente e começo a caminhar em direção à casa de Nina o mais rápido que consigo. Se ele é o melhor amigo dela, eu quero saber por quê. Eu quero saber por que ela se deu ao trabalho de salvar a vida desse idiota.

Estou a meio caminho da Euclid quando paro na esquina da Belleview. A rua de Viv. Consigo imaginar sua casa, grande e branca, a penúltima. Havia arbustos de zimbro do lado de fora da janela dela. Meus pés viram e continuo andando. Eu poderia chegar lá com os olhos fechados. Eu só quero ver, estar perto de alguma coisa que prove que ela esteve aqui.

Não tenho ideia de que horas são, mas a rua está muito escura. Há uma TV ligada aqui, uma luz de varanda acesa acolá, mas não ouço nenhum carro ou mesmo cães latindo. Não preciso olhar para a frente para saber quando chego à casa de Viv. No primeiro ano da escola, a cidade instalou uma nova calçada ali e nós escapamos no meio da noite para desenhar nossas iniciais no cimento: VH + CP. As letras estão sob meus pés. A partir deste ponto posso ver a janela de Viv, mas não a porta da frente, que fica atrás de um salgueiro grande. Se ela me dissesse que o caminho estava livre, eu costumava subir ou ajudá-la a sair sem que nenhum de nós fosse visto. Acho que os pais dela gostavam de mim, mas era mais rápido dessa maneira. Sem conversa fiada ou lembretes de toque de recolher, apenas nós dois sozinhos.

Ergo minha cabeça.

Há uma luz na janela dela.

Por um segundo, meu coração para.

Meu peito dói só de pensar em alguém bisbilhotando o quarto dela. Será que o estão esvaziando? Transformando-o em um escritório? Um quarto de hóspedes? Imagino o quarto de Viv sendo desmontado — suas citações favoritas e fotos arrancadas das paredes. Sinto-me enjoado. Gostaria de saber se o cheiro dela ainda permanece nas roupas. Antes que consiga pensar, já estou no meio do gramado.

Rastejo cuidadosamente no zimbro para que ninguém me veja lá de dentro. Não vejo o Sr. e a Srª. Hayward desde o funeral... e estava torcendo para que nunca mais tivéssemos que nos ver.

Alguém está lá, na cama dela.

Movo-me em direção ao canto da janela e espio.

Minha respiração fica presa na garganta. Há uma menina sentada na cama de Viv, de costas para mim. Ela é magra, e seus cachos negros estão presos por uma fita vermelha. Ela está debruçada sobre o telefone, traçando círculos na colcha com o dedo. De vez em quando concorda, mas se ela está falando, é muito baixo para ouvir através do vidro. Ela está vestindo vermelho e branco, as longas pernas dobradas debaixo de uma saia curta plissada.

Ela assente rapidamente algumas vezes mais, então solta o telefone e o fecha. Enxuga o rosto. Depois de um tempo, passa as pernas para um lado da cama e começa a se despir. A roupa é um traje de animadora de torcida dos Red Rams. Ela o tira, colocando o top e a saia numa pilha sobre a única cadeira do quarto e trocando-os por um pijama rosa amarrotado. Há uma pequena marca de nascença marrom na lateral inferior das costas dela. Parece com um pequeno diamante — eu sei sem precisar olhar mais de perto, porque costumava dar beijos nesse local como se fosse o lugar mais sagrado na Terra. Quando ela se vira, sinto o mundo desabar. Os cachos negros grossos que costumavam cair nas costas balançam na altura do queixo, detidos pela fita vermelha. O rosto dela está mais fino e manchado, e seus olhos escuros, contornados de vermelho. Mas as sobrancelhas arqueadas que eu costumava seguir com o polegar mantêm-se inalteradas.

Eu não consigo respirar. Olho, atordoado, enquanto ela desliza para dentro do pijama, e não há nenhuma dúvida na minha mente. Passei três anos memorizando cada centímetro daquele corpo, daquele rosto, e nos últimos dois meses ansiando por um vislumbre dela novamente.

Bato no vidro e grito seu nome.

— VIV!

QUINZE

ATIRO-ME CONTRA A JANELA, BATENDO E GRITANDO. NEM MESMO SEI o que estou dizendo. Não consigo acreditar em meus olhos... Preciso chegar perto dela, tocá-la, *abraçá-la.*

Ela dá um pulo na cama, segurando um cobertor. Seus olhos passeiam pelo quarto, mas quando se fixam no vidro da janela, eu sorrio.

— VIV! Viv, sou eu! Sou EU! — Estou empurrando a janela, mas está trancada, então só fico pulando como um idiota.

Os olhos escuros encontram os meus. O rosto dela fica da cor de um lençol branco.

Ela puxa o cobertor para cima do peito, apoiando-se na parede. Seus lábios mal se movem, e acho que querem pronunciar meu nome, mas não consigo saber o que ela está dizendo realmente até sua boca parar de formar palavras e gritar.

O som atravessa o vidro e o meu peito, e é como se eu tivesse levado um golpe. O pai dela força a entrada pela porta segundos depois, parecendo tão apavorado quanto Viv, que se encolheu no chão, tremendo. A Sra. Hayward chega logo depois do marido e ajoelha-se ao lado de Viv, que está segurando os joelhos, balançando a cabeça e chorando.

Sinto-me tonto, meus membros pesados. Fico olhando para os cachos escuros de Viv enquanto a mãe lhe esfrega as costas. Ela levanta a cabeça e olha timidamente sobre os joelhos para a janela. Sei que ela não pode me ver agora onde estou, mas a decepção e o alívio brigam em seus olhos. A voz do Sr. Hayward ressoa e ele sai do quarto a passos largos, resolutamente. As luzes do lado de fora da casa se acendem, iluminando o gramado, e a adrenalina surge em minhas veias. Tudo que quero fazer é correr para dentro, puxar Viv para meus braços e dizer que ela está segura agora, que nós nunca seremos separados novamente. Mas algo no rosto dela me faz ficar à sombra. A porta da frente bate e todo meu instinto grita para que eu vá embora.

Ela não viu que era *eu*? Por que gritaria?

— Quem está aí? — berra o Sr. Hayward em minha direção.

Meus pés ignoram minha mente, e escapo pelo quintal do vizinho. Fico arquejante atrás de ar, meus olhos ardendo enquanto corro, mas embora meu coração esteja batendo, meu peito está dormente.

Quando chego à casa de Nina, meus olhos estão inchados e não consigo respirar pelo nariz. Entro em colapso na varanda e caio, descansando minha cabeça no assoalho. Estou vagamente consciente de um som emanando de minha boca, como um zumbi.

Viv está *viva.*

Eu sonhei com isso cem mil vezes. Mas nunca desta forma.

Um facho de luz desliza em minha direção. Alguém arfa.

— Nina! — chama Owen.

Passos rápidos soam pela casa, desaceleram e acabam em uma parada duvidosa perto da minha cabeça. A porta se fecha e ficamos na escuridão. Levanto meu rosto do chão da varanda e limpo o nariz com a manga da camisa.

— Por que... — Engasgo, e tenho que começar de novo. — Por que você não me contou?

Eu mal posso vê-la ao luar, pois meus olhos estão muito turvos. Ela está perfeitamente imóvel, com as costas contra a porta.

— Contar o quê? — pergunta ela.

— Que Viv está *viva*?

O rosto dela empalidece. No silêncio, minha cabeça começa a clarear. Meu coração volta a bater. Ela escondeu isso de mim e agora não vai dizer nada?

— Você viu o memorial dela... Você sabia!

— Eu não...

— Não *minta* mais para mim, Nina!

Ela olha para mim, encolhido no chão, e juro que está lançando o mesmo olhar de pena que lançou na lanchonete.

— Viv está viva aqui... — A voz dela falha. — Porque foi *você* quem morreu!

A rua fica tão silenciosa que poderíamos ser as únicas pessoas em quilômetros. Concentro-me na respiração, mas o ar parece muito rarefeito. Não aguento mais isso. Apoio-me contra a casa e fecho os olhos.

Viv está viva... E *eu morri*?

— Como? — sussurro.

Ela faz uma pausa.

— Atropelado. Há dois meses... Domingo, dia cinco.

— Domingo, dia cinco — murmuro. — Atropelado?

— Na esquina da escola — diz ela.

Tento visualizar isso — a queda do Rei Vermelho —, mas minha mente só pode lidar com uma morte horrível naquele lugar e *naquela* data. A sensação ruim espalha-se dentro de mim, deslizando pelo meu âmago como... culpa? Eu me convenci a odiar o outro "eu" há uma hora. Mas será que ele merecia *isso* mais do que eu?

— A Viv... — Nina hesita. — A Viv te viu agora à noite?

Abro meus olhos.

— O quê?

— Eu só preciso saber... Ela viu seu rosto?

Lembro-me do caos no quarto de Viv. Ela me viu, é verdade... mas um momento depois, quando levantou a cabeça, tenho certeza de que ela estava esperando me ver novamente.

— Por que te interessa saber se ela me viu? — pergunto.

— Porque sim, Cam, porque ela pensa que você está *morto*!

— E? — Levanto-me, os pés instáveis. — Eu pensei que ela estivesse morta também, talvez seja esse nosso destino...

— *Não*!

Com surpresa, nós dois ouvimos a voz dela ecoar pelas casas.

— Ela não é o que parece.

Nina se aproxima e levanta a mão para me tocar, mas me afasto. O anuário que eu vinha segurando embaixo do braço cai aberto na varanda, fazendo um barulho. Eu me abaixo para pegá-lo, mas Nina já está de joelhos com ele nas mãos, olhando para a página aberta. Ela toca demoradamente a caligrafia: *Você salvou minha vida.*

— Acho que ele estava errado sobre isso — digo.

Ela olha para mim, surpresa, depois olha de volta para as palavras. Cobre a boca. Meu estômago revira com o olhar no rosto dela — uma mistura nada natural de horror e tristeza. Um sentimento com o qual estou muito bem familiarizado. Eu gostaria de não ter dito aquilo. Ela fecha o livro e ergue-se de volta para sua estatura mignon.

— Por que você voltou? — pergunta ela.

Abro a boca. Eu tinha uma resposta para isso, mas só consigo pensar em *Viv*.

Se Viv está viva neste lugar, deve ser por isso que estou aqui.

— Se você quer o que é melhor para você *e* para ela neste momento... — Os lábios de Nina continuam a se mover, mas se ela ainda está falando, não consigo decifrar as palavras. Ela balança a cabeça e levanta a voz. — Por favor, Cam, *por favor*, apenas vá para casa.

Uma lágrima desce pela bochecha dela. Ela entra na casa e fecha a porta na minha cara.

Desço da varanda, confuso. Por que ela não me contaria que Viv estava viva? Uma luz se acende em uma janela do andar de cima. Chuto a grama e começo a andar para ir embora quando a porta se abre atrás de mim.

Eu me viro.

— Sabe, só porque você quer...

Owen está sozinho na varanda, usando um pijama azul cheio de capacetes de futebol americano.

Eu espero ele falar.

Ele lança um olhar furtivo sobre o ombro e fecha a porta com cuidado. Passo a mão sobre o rosto, exausto, e caminho de volta para a varanda. Neste momento eu só quero ir embora, mas não acho que deveria deixar o garoto de pé ali sozinho.

— Você não deveria estar na cama? — pergunto.

— Nina realmente sente sua falta — diz ele com um sorriso hesitante. — Estou feliz que esteja de volta.

Hesito, sem saber se ele ainda acha que sou um fantasma ou um herói — ou se ele descobriu que não sou nenhum dos dois.

— Olha, Owen...

— Eu queria que mamãe e papai voltassem também. — Ele olha para o chão.

Engulo em seco.

— O que... aconteceu com eles?

Ele me olha de um jeito engraçado. Eu deveria saber isso?

— Às vezes é difícil se lembrar das coisas. — Hesito. — Depois de voltar.

Ele balança a cabeça como se isso fizesse total sentido.

— Eles saíram de férias e não acordaram. A polícia disse que houve um vazamento.

Deve ter sido monóxido de carbono.

Minha mãe atendeu um caso uma vez no qual uma família inteira morreu por envenenamento com monóxido de carbono devido a algum cano furado no porão deles. Todos simplesmente foram para a cama em uma noite e nunca mais acordaram. A mãe, o pai e os dois filhos, até mesmo o cão, morreram. Eu não posso imaginar perder um dos meus pais. Estou surpreso com o pensamento, mas ao mesmo tempo, sei que é verdade.

Fico de joelhos na frente dele e lhe aperto o ombro.

— Sinto muito, O.

Ele dá de ombros.

— Eu era muito pequeno na época.

Olho para trás, para a janela escura acima de nós, e Owen segue meu olhar.

Ele inclina a cabeça.

— Quando eu era bem pequeno, Nina costumava ser muito mais divertida. Ela ficou legal de novo depois que conhecemos você. — O sorriso dele volta. — É por isso que estou contente por você estar de volta.

— Sim... — Levanto, incomodado... — Eu também.

Ele vai na ponta dos pés de volta para a porta, mas se vira.

— Você vai ficar por aí, Cam?

Eu hesito, pensando no aviso bizarro de Nina, mas imaginando Viv saudável e viva, sozinha em seu quarto a poucos quarteirões de distância.

— Devo dar uma volta rápida — digo.

Desço a Genesee Street, tentando organizar o emaranhado de fatos no meu cérebro. Os pais de Nina estão mortos aqui, mas como ela não frequenta minha escola e parece muito mais feliz lá, é um palpite seguro achar que eles estão provavelmente vivos lá... Machuquei minha perna nos *dois* lugares, mas aqui eu ainda jogava futebol. Só que agora eu estou morto aqui e Viv morta lá. Minha mente gira. Quem ou o quê decide o que vai acontecer? Não teria sido mais justo, pelo menos, matar a mim e a Viv no mesmo lugar? Se eu tivesse morrido no acidente com

Viv e o outro Cam não tivesse morrido, Nina não teria perdido seu melhor amigo... Ela talvez fosse mais feliz. O outro "eu" continuaria fazendo tudo certo e a Viv *dele*...

Paro bruscamente no meio da rua.

Sou tão idiota. Na minha cabeça, vejo a silhueta muito magra de Viv debruçada sobre a cama, enxugando o rosto manchado. Não me admira ela ter gritado quando me viu — Viv pensa que *eu* estou morto.

Uma dor chata se espalha pelo meu peito como uma ferida reaberta. A ideia de vê-la sofrendo da forma como sofri me oprime. Eu não me importo mais com quem viveu e morreu — Viv está viva, mas está sofrendo — por minha causa.

Recomeço a caminhar, mais depressa, em direção ao fim da rua. Venho tentando dizer a mim mesmo há meses que ela teria ficado bem se eu tivesse morrido. Mas a força de seu desespero era familiar demais. Sua forma, arqueada, côncava, se parecia muito com a imagem que tenho mostrado ao espelho há dois meses. Eu só preciso vê-la novamente, verificar se está bem. Aumento meu ritmo antes de chegar ao limite da colina. Se alguém sabe como Viv está se sentindo agora, este alguém sou eu.

Começo a correr.

DEZESSEIS

A LUZ DE VIV AINDA ESTÁ ACESA. OBRIGO-ME A ESPERAR NA CALÇADA, ao lado de nossas iniciais, até minha perna parar de latejar e eu ter certeza de que o caminho está livre. Os holofotes do lado de fora ainda estão ligados, mas assim como iluminam, também projetam sombra em várias partes do jardim.

Há movimento na janela.

Eu fico completamente imóvel.

A silhueta delgada e de cabelos curtos de Viv aparece. Ela abraça a si, demorando-se na janela, o perfil indo de um lado a outro como se estivesse procurando por alguma coisa no quintal. Depois de alguns minutos, os braços caem nas laterais do corpo e ela se afasta.

É a minha chance.

Corro pelo jardim, parando sob o salgueiro. É necessário meio segundo para atravessar um feixe de holofote, mas estou contando que ninguém esteja olhando naquele exato momento.

Espio em um canto da janela do mesmo jeito que fiz antes, o coração na garganta. Viv caminha pela sala. Ela ainda está vestindo o pijama cor de rosa, mas agora com um suéter grande demais dos Fowler Rams jogado sobre ele. Eu costumava ter um igual. Ela para de costas para mim. Não consigo ver o que está fazendo, mas depois ela se vira um pouco e vejo que está roendo as unhas. Ela sempre faz isso quando está chateada. Examino o cômodo ao redor, estranhamente similar ao quarto que eu conhecia... e diferente de alguma forma. Não está bagunçado o suficiente para se qualificar como um chiqueiro, pois você realmente pode ver uma grande parte do piso, mas como a mesa e a cômoda estão quase todas tomadas, está longe de ser arrumado. Ela ainda tem todas as citações e quadros nas paredes, mas estão diferentes. Há mais glamour, mais *pessoas* — menos fotos de coisas e lugares. Sobre a cama, há uma foto nossa do Baile do Dia dos Namorados.

Ela se vira para continuar vagueando e olha para a janela.

Nossos olhos se encontram.

Vejo o corpo dela enrijecer, mas desta vez ela engole e não grita.

Sinto que preciso dar alguma dica — deixá-la saber que sou apenas eu e que está tudo bem — e, então, eu me lembro. Bato suavemente sobre o vidro: 4-2-3.

Ela relaxa os ombros, apenas um pouco, mas permanece do outro lado do quarto. Eu empurro a janela, e desta vez ela desliza para cima. Os grandes e belos olhos escuros ficam um pouco maiores, mas ela ainda não se mexe ou grita.

Há uma fenda na fundação da casa que sempre foi do tamanho exato do meu pé. Observo Viv cuidadosamente antes de encaixar a ponta do sapato na tal fenda, içando-me ao parapeito da janela. O quarto tem um assento na janela, no lado de dentro, mas não me atrevo a ir mais longe do que o peitoril no caso de precisar fugir novamente.

Sento-me de lado na janela e olho para ela. Por mais força que eu tenha feito para mantê-la na minha lembrança nestes últimos dois meses, já havia me esquecido de como ela é bonita. Mesmo em uma camisola velha, com olhos vermelhos e cabelos desarrumados — preciso de toda minha força para não atravessar o quarto e envolvê-la em meus braços.

O lábio inferior dela treme. Ela não se moveu, mas seus olhos estão brilhando. Ela envolve um braço na própria cintura, levando a outra mão trêmula à boca. Percebo que ela está em desvantagem. Eu sei que nenhum de nós é um fantasma ou um zumbi ou qualquer outra coisa, mas ela não.

Estendo meus braços para ela.

— Sou eu — sussurro. — Está tudo bem.

Viv inspira com força, mas é como se uma passagem estivesse quebrada. Ela atravessa o quarto com os braços estendidos, o corpo puxando-a para a frente. Ela para abruptamente, bem na minha frente, e eu não me mexo ou respiro. Há dúvida no rosto dela — ansiedade. Lentamente, ela estende uma das mãos para tocar minha bochecha, vacilando quando nossa pele faz contato. Os dedos deslizam cautelosamente sobre meu queixo com barba por fazer e a outra mão também vem tocar meu rosto. Meus olhos estão presos aos dela, avaliando sua hesitação. Ela passa os dedos sobre meu rosto, pelos meus cabelos, como se estivesse inspecionando a autenticidade. Eu tento não rir, ou chorar. Finalmente, como se tivesse perdido as forças, ela cai no assento da janela, de frente para mim. Os dedos deslizam pela minha nuca, debaixo do meu queixo, até meus lábios.

— É você — diz ela.

Puxo-a para mim e ela agarra meus braços, meus ombros, como se não conseguisse se segurar. Nossos lábios juntam-se, ansiosos e famintos. A boca de Viv é quente e macia e tudo de que lembro; o perfume é inebriante, como o primeiro dia de primavera. Os dedos vagam para afagar minha nuca, fazendo-me arrepiar do jeito que ela sempre costumava fazer. Entrelaço meus dedos nos cachos curtos e eles são *tão* sensuais como quando eram longos. Deslizo minha mão até a cintura dela, encontro sua pele, e é tão quente e suave que quero enterrar-me nela. Beijamo-nos como se estivéssemos tentando devorar um ao outro, e é a sensação mais eletrizante que senti em toda minha vida.

Paramos para tomar fôlego, mas isso só significa nos abraçar tão forte a ponto de virarmos praticamente um. Trilho o arco da testa dela com beijos, e ela suspira do jeito que sempre costumava fazer. Ela encosta a cabeça no meu ombro e eu fecho os olhos, sorvendo este momento para fazê-lo durar para sempre. Os braços dela estão apertados em torno de mim, mas de repente ela fica imóvel. Posso sentir sua pulsação. Então ela começa a tremer.

Chego para trás, afastando-me o suficiente para ver que ela está chorando.

— Ah... não — digo, enxugando seu rosto com meu polegar. — Está tudo bem.

Ela deixa escapar um soluço abafado e balança a cabeça.

— Desculpe.

Beijo-lhe as pálpebras e provo suas lágrimas.

Um forte gemido escapa de seus lábios, e ela enterra a cabeça no meu peito.

Alguém bate à porta.

— Viv? Está tudo bem? Abra a porta.

Ela fica ereta, os olhos arregalados, olhando para mim como se eu realmente *fosse* um fantasma.

— Meu pai.

— Está tudo bem. — Viro-me na janela. — Vou saltar para fora.

— Não! — Ela abaixa a voz com esforço. — Não vá... Não me deixe de novo.

Enxugo uma lágrima dispersa no rosto dela.

Seus olhos estão arregalados e em pânico.

— Viv, se você não abrir a porta agora...

Tomo o rosto dela em minhas mãos e pressiono meus lábios contra os dela.

— Eu vou voltar. Prometo.

DEZESSETE

OBSERVO O PAI DE VIV DO OUTRO LADO DA RUA, PATRULHANDO O QUARto dela como se fosse a Fort Knox. De jeito nenhum ele acreditaria se ela dissesse que não estava triste depois de ver o rosto dela molhado de lágrimas. Depois de um tempo, a luz é apagada no quarto e eu suponho que nós dois temos que nos resignar em esperar.

Amanhã não é nada depois de dois meses achando que nunca mais nos veríamos.

A esquina está tranquila quando passo de volta pela luz verde — a luz mais mágica, maravilhosa e estranha do mundo. Dou uma olhada mais demorada, certificando-me de onde estou. Meus olhos param no memorial em torno do poste de madeira, e um sentimento toma conta de mim. Puxo a fotografia do pôr do sol e olho para ela. Minhas mãos tremem, mas quando toco o rosto de Viv na foto, o vazio não vem. Essas fotografias fizeram eu me lembrar todos os dias durante dois meses que eu nunca iria vê-la novamente, mas agora eu simplesmente fecho os olhos e inalo seu cheiro persistente na minha pele.

Arranco outra foto, depois um dos cartões e não consigo parar. Fitas vermelhas e brancas ficam emaranhadas em meus dedos e eu as puxo, rindo. Um ursinho de pelúcia que estava preso num prego cai no chão, e eu praticamente solto uma risada... Mal consigo colocá-lo no lugar. Nada disso significa mais nada. Quando termino, o poste está tão liso quanto antes do acidente, e meu corpo dói por causa da alegria pouco familiar. Há uma pilha de cartões cheios de sentimentalismo barato amontoada na calçada com flores mortas e velas. Recolho tudo, tomando cuidado para não me esquecer de catar nada daquela falsidade, e sorrio enquanto a carrego pela rua até a lixeira do ponto de ônibus.

Enfio as fotografias debaixo de um braço, guardando-as para mim. Elas faziam eu me sentir tão distante, como se Viv estivesse congelada nas fotos para sempre sem mim e eu estivesse suscetível a me esquecer de como ela era caso ficasse sem as imagens. Eu costumava pensar que só havia um jeito de vê-la novamente. Viro minha cabeça para trás e olho para o céu frio, estrelado, querendo saber se existe alguém — *algo* — a quem eu deveria agradecer. Então me pergunto se sequer estou falando com o céu certo.

Hesito ao lado do carro da minha mãe, na entrada da garagem. Todas as luzes da casa estão acesas, mesmo sendo apenas seis horas da manhã de sábado. Ela de repente está agindo como uma *mãe* — exatamente o que eu não preciso agora. Fecho meus olhos e volto a beijar Viv, seus lábios macios e quentes com os olhos tão cheios de vida. É como se, só de pensar nela, músicas começassem a tocar dentro de mim. Arrepio-me de alegria. Mas quando abro os olhos, ainda estou sozinho ao lado do carro.

Subo os degraus pesadamente e coloco a chave na fechadura.

A casa cheira a cigarro. Bato à porta da frente para dar um pequeno aviso e preparo-me quando minha mãe sai correndo da cozinha, com o rosto cansado e irritado.

— Por onde você andou? — pergunta ela. — Você sabe que horas são?

Abro a boca para falar, mas meu queixo meio que fica caído. Não é como se eu nunca tivesse chegado tarde. O que é estranho é que ela percebeu, ou marcou uma hora em sua agenda para se importar com isso. Minha bochecha se contrai. Eu sei o que vem em seguida — ela vai tentar me acusar. Advogados adoram fazer isso com seus filhos.

Ela para na minha frente, as mãos na cintura.

— Cheguei em casa tarde, mas você não estava aqui. Por que não atendeu seu celular?

Ela cruza os braços. Agora *eu* deveria ser a defesa. Tento pensar em um álibi bastante consistente para a corte, mas a verdade é tão legal. E tão inacreditável.

— Mãe, me desc...

— Eu estava prestes a ligar para seu pai...

A música que tocava dentro de mim desliga. Ela não pode ligar para ele. Achei que seria capaz de voltar para casa atraindo o mínimo de atenção até conseguir retornar sorrateiramente para Viv à noite, mas se meu pai for envolvido...

— Você não precisa fazer isso — digo.

— Camden, onde você esteve essa noite?

Os olhos dela estão vermelhos. A roupa fede a Marlboro.

— Quando você voltou a fumar? — pergunto.

Ela para. Olha para o chão. Prende um fio de cabelo perdido atrás da orelha, mas o cabelo todo está uma bagunça.

— Você está... drogado ou algo assim? — pergunta.

Arqueio as sobrancelhas. A expressão dela está tão séria que quase explodo numa gargalhada, mas me controlo porque isso iria parecer louco, e neste momento parecer louco seria pior do que parecer perdido. Fecho os olhos, estendo os braços e toco o nariz com a ponta dos dedos algumas vezes, do mesmo jeito que a polícia manda fazer quando acham que você está bêbado. Depois estendo os braços para testar o equilíbrio e caminho em linha reta pela sala, do calcanhar aos dedos, girando no final e voltando.

Ela fica esperando com os braços cruzados, obviamente impressionada pelo meu desempenho. Olho em volta, para as plantas mortas, a poeira, os buracos onde têm coisas faltando. Ela parece tão cansada e solitária. Por um segundo, uma tristeza profunda destrói meu bom humor e eu me pergunto quando ela ficou desse jeito. Foi antes de o papai ir embora?

— Cam, o que você está fazendo?

Hesito.

— Isso não se parece com um lugar onde pessoas moram, mãe.

— O quê?

Olho para ela tentando entender toda aquela imagem deprimente e, de repente, sinto-me tão triste que nem consigo falar. Vou até a estante com eletrônicos. A prateleira do lado direito da TV está cheia de DVDs, mas o esquerdo está vazio como se papai tivesse pegado sua metade de forma aleatória e simplesmente tivesse continuado sem olhar para trás. Por um momento horrível acho que sei como ele se sentiu — e a odeio por isso. Derrubo alguns filmes e os espalho uniformemente nas prateleiras. Depois vem o grande vazio em cima da lareira. Uma pintura de paisagem de inverno costumava preencher a parede. Há um cartaz emoldurado de uma exposição de Picasso pendurado em um canto escuro. Eu o tiro da parede.

— O que você está fazendo? — O rosto dela muda de contraído e preocupado para vermelho e irritado.

— O que deveríamos ter feito logo que ele foi embora — digo.

— Pare com isso...

Passo por ela, acotovelando por causa da adrenalina da raiva. Como as coisas podem ser tão *certas* do lado de uma estranha luz verde e tão erradas aqui? Vou à lareira e arrasto o cartaz ao longo da parede até o fio agarrar o prego velho preso no gesso. Afasto-me. O *Nu Azul* fica bonito acima da lareira.

— Você falou com seu pai? — pergunta ela rispidamente. — Isso tudo foi ideia dele?

Eu a encaro.

— Foi ideia dele deixar este lugar virar um lixo?

Vou para a cozinha e encolho-me de repugnância, vendo a bagunça e a sujeira do jeito que Nina deve ter visto. A casa do *outro* eu era assim? Duvido seriamente. Abro os armários, espalhando os poucos pratos limpos para encher as prateleiras meio vazias. Ouço minha mãe vir atrás de mim, mas me recuso a olhar para ela. Puxo o saco de lixo transbordando na lixeira da cozinha e o levo para fora. Então abro a torneira e começo a lavar todos os pratos, copos e panelas empilhados na pia. Ela fica calada. Há apenas o som de vidros tinindo na água.

— Ela era tão linda, querido...

O vapor sobe da torneira e flui na minha frente. Desligo a água.

Mamãe segura um cigarro aceso numa das mãos, a cinza se acumulando no final. Eu havia colocado as fotos do memorial de Viv no balcão, e agora elas estão espalhadas por toda parte na frente dela. Uma lágrima escorre pelo seu rosto. Ela está passando as mãos por uma foto de uma viagem de campo da aula de biologia, feita pouco antes de eu quebrar a perna. Nela, Viv está inclinada em direção a um arbusto cheio de flores cor-de-rosa, olhando para uma borboleta. Ela está com um meio sorriso no rosto, esperando que a borboleta a veja e voe. Ela gostava de fazer as coisas desse jeito, encontrar o momento exato em que o perto torna-se *muito* perto. Luto contra um instinto de luto, mas então me lembro de tê-la abraçado hoje.

Mamãe observa a cozinha menos bagunçada e suja.

— Quando eu não sabia onde você estava, liguei para a Dra. Summers. Ela quer ajudar...

— Ela *tem* me ajudado — digo. — Mas estou começando a achar... Que quero fazer uma pequena pausa.

Ela coloca o cigarro num cinzeiro transbordando e olha para mim.

— Seu treinador ligou.

— Reed? — Expiro impacientemente. — Ele não é meu treinador.

— Ele é o vice-diretor. Está preocupado com você, querido... Todos nós estamos. — Ela olha de maneira hesitante para a cozinha arrumada e seus ombros caem. — Você teve que passar por maus momentos nestes últimos meses.

Observo a fumaça do cigarro formar um anel. Essa é a ideia que minha mãe tem de paternidade — ter certeza de que sei como todo mundo está preocupado. Por um segundo, eu realmente quero contar a ela. Todos vocês podem parar de se preocupar, *eu a tenho de volta*. Mas já que não posso dizer isso, é menos complicado se eu jogar junto.

Afundo na cadeira ao lado dela.

— Tem sido... difícil.

Ela segura minha mão.

— Faço qualquer coisa que precisar para tornar mais fácil. Apenas me diga...

Eu pisco. Ela acabou de dizer que faria qualquer coisa para tornar as coisas mais fáceis. Se vou ficar com Viv, preciso do menor número possível de pessoas na minha cola.

— Nós não podemos mais viver desse jeito, mãe.

Ela encara o cigarro durante um bom tempo, mas não solta minha mão.

— Eu sei.

— Eu acho... — Afasto-me para poder olhar nos olhos dela. — Eu só preciso de um pouco de espaço... E *realmente* quero dar um tempo na terapia.

A preocupação retorna para os olhos dela.

— Por quê?

Meu olhar cai sobre as fotos espalhadas no balcão e minha pulsação acelera. Não consigo me acostumar a olhar para ela dessa nova maneira, em que Viv não foi embora. Sinto-me como se tivesse levado um tiro de canhão. Começo a reuni-las, formando uma pilha organizada.

— Tudo o que a Dra. Summers quer fazer é falar sobre o passado. Preciso começar a olhar para a frente... — O rosto de Viv na fotografia do topo da pilha faz meu coração pular de novo. Como eu conseguiria ao menos *fingir* que estou chorando quando ela está viva? Gesticulo pela casa. — Quero dizer, olhe para nós, mãe. Talvez nós dois devêssemos fazer isso.

Os primeiros raios da alvorada começam a iluminar a cozinha.

— Essa é uma atitude diferente — diz ela, balançando a cabeça.

Ela dá uma ou duas últimas tragadas no cigarro e o esmaga numa pilha de guimbas. Levanta o rosto e me observa mais calmamente, como há meses não fazia. Minha pele fica fria.

Ela *não pode* dizer não...

— Preciso conversar com seu pai — sussurra. Estremeço, mas não digo nada. Ela já disse coisas como essa antes. — Falaremos sobre isso mais para frente.

Ela escorrega para fora do banquinho e me envolve em um abraço caloroso e longo. Meus braços a abraçam de volta automaticamente. Movimento a cabeça por sobre o ombro dela, olhando a cozinha semilimpa. Qualquer um que entrasse ali veria claramente que esta família tem problemas. Mas quando observo mais de perto, percebo que está diferente agora. No começo, acho que está faltando alguma coisa na geladeira, até me lembrar que era o lixo empilhado. Derramei água no chão, perto da pia, e o branco do ladrilho está aparecendo através da sujeira. Ainda há mais pratos sujos do que limpos, mas permito-me achar que quase parece promissor.

DEZOITO

ESTÁ QUASE ESCURO QUANDO CHEGO À CASA DE VIV DE NOVO, MAS não consegui me obrigar a esperar mais do que o necessário. Não há nenhuma luz na janela dela quando cruzo o gramado, mas isso não quer dizer nada. Tudo que tenho a fazer é bater...

— *Psssst!*

Paro na frente do salgueiro e escuto. O ar está pesado com o silêncio.

— O-olá? — sussurro.

Meus olhos não estão totalmente ajustados à escuridão, então me assusto quando os galhos pendurados me atingem como uma cortina.

— Você voltou — diz Viv.

Fico sorvendo-a lentamente, deixando meu olhar repousar nos olhos castanhos profundos.

— Eu disse que voltaria.

Ela se assemelha tanto a uma aparição que desejo estender a mão e tocá-la novamente, só para garantir. Mas hesito. Os cachos curtos e escuros que lhe emolduram o rosto em vez de desmoronar em volta dos ombros me fazem pensar que devo parecer diferente para ela também. Lembro-me do cara grande, confiante e sorridente no anuário e pergunto-me se há alguma semelhança dele sobrando em mim. Eu provavelmente perdi uns 13 quilos desde que parei de jogar, mas não é só o peso... Ele tinha algo mais. O olhar dele não é o mesmo que enxergo no espelho. Ele era claramente um vencedor, e eu sou...

Passo uma mão nervosa pelos cabelos, desejando tê-lo cortado recentemente. Talvez ela *vá* pensar que voltei dos mortos.

Vou para debaixo do toldo com ela. As folhas do salgueiro caem quase até o chão, e é ainda mais escuro embaixo delas. Viv chega para o lado a fim de me deixar entrar, fazendo movimentos um pouco inseguros. Ela encosta-se ao tronco da árvore e olha para mim, a respiração ofegante.

— Você está nervosa? — pergunto.

— Não... — responde ela depressa demais.

Estendo a mão para ela.

— Está tudo bem.

Ela hesita.

Inclino a cabeça. Não foi essa reação que ela teve na noite passada.

— Viv, sou *eu* — digo. — Do que você está com medo?

Ela segura a árvore como se fosse uma espécie de escudo.

— Por que você está aqui realmente? Você voltou para me assombrar?

Ah Deus, eu *sou* o namorado morto-vivo.

— Não... De jeito nenhum, Viv, eu não sou um fantasma. — Estendo a mão para ela novamente. Ela começa a recuar, mas envolvo meus dedos nos dela e inclino-me. — Eu pareço real, não?

Os lábios dela estão a centímetros dos meus. Nossas pulsações batem ritmadamente. A mão dela relaxa na minha, embora nós dois estejamos prendendo a respiração. Ela fecha os olhos e suspira quando nossos lábios se encontram. Pressiono o corpo dela entre o meu e a árvore, memorizando-a com a boca. Nossas roupas de repente parecem volumosas e inconvenientes. Abro os olhos por um segundo, apenas para dar uma espiada no rosto dela. Os longos cílios encostam-se à bochecha, vibrando da maneira que sempre fazia quando Viv estava com medo.

Eu me afasto.

Ela demora um segundo para me soltar, no entanto as mãos estão trêmulas.

— Isso está errado — digo. — Preciso que você saiba quem eu sou.

Ela morde o lábio, mas não de um jeito charmoso. Ela está com medo.

— Você é... meu Cam.

Suspiro.

— Eu *não* sou seu Cam. Eu te disse que não sou um fantasma, Viv.

— Bem, claro que não, mas... — A voz falha.

Gentilmente, pego a mão dela e coloco sobre meu coração.

— Eu estou vivo, sou de carne e osso.

Desejo ter pensado mais cedo em como explicaria isso, mas terei que improvisar. Ela precisa saber... eu preciso que saiba.

Eu não sou *ele*.

— Eu não sou daqui. Quero dizer, eu vim de um lugar exatamente como esse, só que foi *você* quem morreu lá.

Ela empurra sua mão levemente contra meu peito, mantendo-me à distância de um braço. Continuo segurando uma das mãos dela e faço o para contar tudo da forma mais simples. Conto a ela sobre o acidente, sobre a passagem através da luz verde e sobre o encontro com *ela*. Não menciono Nina. Conto-lhe sobre as diferenças entre nossos mundos, como tudo é tão parecido e, ainda assim, diferente. Quando termino minha última explicação desajeitada, estamos os dois sentados debaixo da árvore.

— Dois mundos? — diz ela. — Como algo assim pode acontecer?

Dou de ombros, pensando pela centésima vez sobre a impossibilidade disso tudo.

— Talvez haja mais de dois — digo. — É como se essa janela tivesse se aberto entre os nossos.

Ela franze a testa.

— Por que você acha que isso aconteceu?

— Não sei. Ambos morremos no mesmo lugar... — A lembrança de algo que Nina disse vem à minha mente: — *Há dois meses, domingo, dia cinco*. Inclino-me para a frente. — Se tudo aconteceu no mesmo lugar, no mesmo dia, na mesma hora em ambos os mundos, talvez isso tenha causado alguma coisa. Talvez *nós* tenhamos causado alguma coisa.

— Como o quê?

Encolho os ombros.

— Talvez o nosso sofrimento tenha, tipo, rompido alguma coisa?

Sinto uma mudança na maneira como ela olha para mim, mas encaro minhas mãos. Ela não pode *tê-lo* de volta, afinal. Eu não consigo encarar a decepção nos olhos dela.

— Então... *Você* perdeu a *mim* no seu mundo? — pergunta ela. — E você sente a falta dela tanto quanto eu sinto falta dele?

— Sim... — Agarro-me às palavras dela e deixo escapar: — Eu só pensei que, já que sentimos tanta falta um do outro, talvez essa seja a forma estranha de o universo consertar as coisas.

Ela segura as minhas mãos, o que me surpreende, depois ergue uma delas e tira meu cabelo grande demais dos olhos. Exatamente do jeito que fez no hospital anos atrás, em outro mundo. Olho para cima e vejo-a dando um sorriso lindo e desconhecido de miss.

— Eu não me *importo* como isso aconteceu, Cam. Eu simplesmente não consigo acreditar que tenho você de volta.

Seus lábios permanecem quentes e macios nos meus, até que ela suspira tranquilamente e deita a cabeça no meu colo. Inclino-me contra o tronco de árvore, com medo de me mexer. Simplesmente corro meus dedos pelos cachos negros e curtos, escuto a respiração dela e me pergunto se isso é real.

— Em quê você está pensando? — digo depois de um tempo. Ela está quieta, mas eu sempre fui capaz de saber quando a mente de Viv está ocupada.

Ela inclina o rosto para cima e há uma mistura de contentamento e curiosidade em seus olhos que me assusta. Ela se parece tanto com... ela mesma.

— Conte-me mais sobre como as coisas são diferentes no lugar de onde você vem.

— Ah, eu não sei... — Eu me remexo ao me comparar em minha cabeça ao Cam, a grande estrela do futebol que retornou. Decido concentrar-me nela. — Você não era animadora de torcida... Bem, você era, até largar.

— Eu larguei? — Ela senta. — Por quê?

— Ah... — Engulo em seco. Como posso explicar isso sem ela perceber que sou um perdedor? — Bem, você sabe, eu machuquei feio a minha perna e hum... Você largou para me dar apoio.

Ela me olha, confusa.

— Mas por que eu faria isso? Você se recuperou.

Estico minha perna e toco meu joelho.

— Não aconteceu dessa forma comigo.

Um silêncio pesado se abate sobre nós, mas então ela coloca a mão sobre a minha, na minha coxa.

— Você largou o time? — questiona ela.

— Eu não precisava do futebol quando tinha você. — Toco o rosto dela com a outra mão, traçando o arco da sobrancelha com o polegar. — Você... *ela* costumava dizer sempre essas coisas: *Quem precisa deles quando temos um ao outro?*

Viv parece intrigada por um segundo, mas assente lentamente e me pergunto se ela vai concordar com as próprias palavras quando as coisas se deram de forma tão diferente aqui. Um sorriso sutil se abre no rosto dela. Ela inclina-se, dando-me um beijo breve e suave. Sua mão desliza para cima da minha perna e, de repente, minha calça fica bastante apertada.

— Eu costumava *mesmo* dizer isso!

Deixo escapar um longo suspiro e me perco no frisson inacreditável dos dedos, cabelos e perfume inebriante dela.

— Eu amo seu mundo — sussurra ela para mim.

Rio, surpreso.

— Viv, depois que nós dois desistimos... Não ficamos muito populares.

— Quem precisa de popularidade quando temos um ao outro?

As palavras dela agitam algo dentro de mim que eu pensava estar morto há muito tempo. Eu a puxo e rolo para cima dela, com cuidado para não esmagar qualquer parte preciosa. Ela olha para mim, um olhar malicioso e familiar.

— O *seu* mundo é melhor — me oponho. — Nunca quero ir para casa.

Um brilho estranho passa pelos olhos dela. Ela parece desconfortável e eu rolo suavemente para um lado, apoiando-me no cotovelo para ainda poder ver seu rosto.

— Por quê? — pergunta ela.

Hesito, mas agora há uma grande diferença entre este mundo e o meu.

— Porque você está aqui... Esse é o único motivo do qual preciso.

Viv não diz nada a princípio, e começo a me preocupar se falei algo errado. Mas então ela estende a mão cautelosamente, subindo e descendo os dedos levemente no meu antebraço. O toque fica mais confiante a cada passagem.

— Bem, isso parece injusto — diz ela com uma pitada de malícia.

Relaxo diante do tom brincalhão e lhe acaricio os cabelos.

— O que é injusto?

— Como *eu* sei se esse mundo é melhor, se eu não vi o seu?

Estou perdido nos cachos sedosos.

— Você não está perdendo nada.

— Leve-me lá — diz ela.

— Para onde?

— Para o lugar de onde você vem... Eu quero ver. Quero saber se é real.

Levanto-me, pairando sobre ela.

— Você quer ir... para o meu mundo?

— Vamos agora.

— Agora?

Ela senta-se sobre os joelhos.

— Sim, vamos ver qual mundo é melhor. Vamos fazer isso agora!

— Mas... quando foi que isso se tornou uma competição? — murmuro, tentando me manter calmo.

Minha mente gira, sem saber o que fazer. Isso não parece uma boa ideia, mas eu também não estava tão curioso para saber tudo sobre esse lado? Claro que ela iria querer ver algo assim por si só. Minha Viv sempre foi impulsiva — e quando percebo o brilho nos olhos dela agora, um calor começa a acender dentro do meu peito. É o mesmo olhar que ela exibiu quando sugeriu que fôssemos acampar naquele último fim de semana que passamos juntos. Nós não sabíamos o que estávamos fazendo — ela sabia que viajar a sós daquele jeito era imprudente. Mas também era uma aventura, algo espontâneo e emocionante. Ela queria provar que podíamos fazer aquilo ou que, pelo menos, ela podia. Olho para aqueles olhos escuros familiares e o brilho esquenta e me consome. Essa *é* a minha Viv.

—Por favor? — implora. — Não é justo que você venha aqui e eu não possa ver como é lá. Estou curiosa.

— É praticamente tudo a mesma coisa...

Ela joga os braços em volta do meu pescoço.

— *Por favor?*

Fecho os olhos, mas não posso fugir da maciez da voz dela. Ela vai me fazer sofrer para sempre. Penso rapidamente em Nina... Não tenho dúvidas de que ela iria julgar isso uma péssima ideia. Mas ela não está aqui. Suspiro pesadamente, como fiz muitas vezes antes quando cedia a Viv, mas assim que a respiração escapa de meus lábios, tudo parece certo *porque* é tão habitual. Até disso eu sentia falta. A partir desse momento, é preciso fazer um esforço para não sorrir, para manter o blefe de que não estou empolgado.

— Tudo bem, mas você vai ficar entediada.

Ela bate palmas, repete o lembrete para si e cobre a boca. Eu a puxo para ajudá-la a ficar de pé.

— Mas temos que ter cuidado, ninguém pode ver você porque...

— Ah, certo. — Ela sorri. — Eu estou morta.

Ela caminha cuidadosamente, na ponta dos pés, em direção à própria janela aberta. Nenhuma das luzes do lado de fora está acesa esta noite. Ela escala para o lado de dentro e eu posso ouvi-la remexendo no escuro. Quando ela salta os poucos metros que levam ao chão, vejo que trocou sua jaqueta vermelha e branca dos Rams por um suéter preto grosso. Ela amarrou um lenço de seda sobre os cabelos e colocou óculos escuros esportivos. A combinação a faz parecer uma antiga estrela de Hollywood.

Puxo os óculos de seu nariz.

— Óculos escuros? À noite?

Ela os desliza de volta para o lugar e joga a cabeça para trás.

— Ninguém nunca vai saber que sou eu.

Levanto uma sobrancelha. Essa roupa seria algo *muito* típico de Viv para qualquer um que a conhecia, mas não discuto. Não estou planejando esbarrar em ninguém hoje à noite.

— Tudo bem, vou guardá-los para depois. — Ela os tira, enfia no bolso e entrelaça o braço ao meu. — Agora me mostre essa tal luz verde.

Eu sorrio e lhe aperto a mão. Não gosto quando não estamos nos tocando — quero ser lembrado em todos os instantes de que ela está comigo.

— É *aqui* que ela fica? — pergunta Viv.

— Sim, você não pode vê-la até tocá-la...

Deslizo os dedos através do ar de um lado do poste no lugar exato...

— Aqui?

Olho para ela ao ouvir seu tom de voz assustado. Ela está de pé ao meu lado, braços apertados em volta da cintura. Os olhos estão agitados e o rosto, pálido. Parece que ela vai vomitar.

— Você está bem? — Eu a tomo pelos ombros e lhe toco o rosto. A pele está fria e úmida.

Os olhos vão do poste aos arbustos e depois para a calçada, mas eu a seguro firmemente e ela acaba concentrando-se em mim. A respiração dela se acalma. Algumas cores retornam para o rosto sob a luz lívida da rua.

— Vou te levar pra casa — digo.

Ela agarra minha manga.

— Não, eu estou... — Ela pausa. — É que foi bem aqui que você...

— Que nós dois morremos — digo, lhe segurando a mão novamente. Esfrego meus dedos gentilmente para aquecer os dela. — Mas não importa... Nós dois estamos aqui agora.

Ela assente mecanicamente e agarra meu braço.

— Você tem certeza de que quer fazer isso? — pergunto. — Realmente não há nada para ver.

Ela se endireita.

— Sim.

Procuro ao redor novamente e assistimos ao ar ficar verde quando meus dedos tocam no lugar certo.

— Oh. — Ela estende a mão também, mas hesita. — É... seguro?

— Não se preocupe, não vou deixar nada acontecer a você.

Eu entro no brilho primeiro, sem largar a mão dela. Uma vez que estou totalmente imerso na luz pinicante, volto para ajudá-la a atravessar.

— Você está *verde*! — diz ela, horrorizada.

— Apenas feche os olhos — digo rapidamente. — Formiga um pouco, mas vou fazê-la passar rápido.

Ela aperta minha mão com força, mas não fecha os olhos. Saio rapidamente da luz no outro lado, puxando-a comigo como se estivéssemos dançando. Ela tropeça, mas eu a aparo nos braços. Ela suspira e abre os olhos.

— Ai meu Deus, isso foi... Ela olha ao redor, para a escola, os arbustos, o sinal. — Nós não fomos a lugar nenhum.

Eu sorrio levanto-lhe o queixo e a beijo.

— Eu te disse, é tudo a mesma coisa. É totalmente chato... só que agora *você* está aqui.

— Eu deveria apenas acreditar em você? Quero ver o que é diferente!

— Bem, tem a janela de sala de artes — digo, apontando pelo gramado em direção à escola. — Não está com tábuas do seu lado.

Ela levanta uma sobrancelha, mas não *diz* realmente que isso é totalmente idiota.

— Hum, tudo bem, deixe-me pensar...

Tento pensar em algo que possa satisfazê-la. Mamãe pode estar fazendo marcação cerrada em nossa casa. Não tenho um anuário, não um onde aparecemos. E, além disso, é difícil mostrar a alguém coisas intangíveis, como quem *não* é mais seu amigo e coisas que a pessoa *não* faz em outro mundo. Fico ansioso só de pensar nisso. Poderíamos ir para a casa dela, mas isso poderia ser terrível, e não ia correr o risco de encontrar os pais dela. Tudo o que vem à mente é tão deprimente.

— Já sei! Me leva para minha *sepultura* — diz ela.

Estremeço; isso é grotesco. Minha pele irrompe em arrepios só em constatar que há um túmulo com meu nome do outro lado da luz verde.

— Não — digo.

— Ah, vamos, por favor? De que outro jeito eu posso acreditar que estou morta? — Um olhar de dúvida aparece nos olhos dela. — E se eu estiver ficando maluca?

Suspiro. Conheço bem esse sentimento.

— Você não pode simplesmente acreditar em mim?

Ela fica em silêncio.

— Eu não sei. E se você voltou para mim por alguma outra razão?

Tiro os cabelos da testa dela.

— Que outra razão?

A voz dela abaixa e um olhar aflito lhe cruza o rosto.

— Talvez o universo esteja brincando comigo por causa das coisas ruins que fiz.

— Coisas ruins? — Levanto o queixo para que ela seja obrigada a me fitar nos olhos. — Como fugir para se divertir comigo?

— Talvez. — Ela dá um sorrisinho. — Não consigo me divertir até ver o que eu quero...

— Mas é um cemitério.

— É apenas um lugar. Não quer dizer nada. — Ela encosta a testa na minha. — E estou viva, bem aqui.

Ela sufoca os protestos dos meus lábios com um beijo longo e profundo. Meu coração salta e eu não consigo mais pensar. Talvez ela esteja certa, é apenas um lugar.

— Tudo bem. Podemos ir — digo. — Só que é um lugar meio deprimente.

Ela me empurra pela rua, em direção ao cemitério.

— Como é que pode ser deprimente visitar meu túmulo... *comigo*?

Não há nada tão assustadoramente silencioso e assombrado quanto um cemitério no meio da noite. Eu não voltei desde o dia do funeral dela. Simplesmente nunca senti que ela estivesse lá, não do jeito que eu a sentia na esquina. Talvez agora eu saiba por quê.

Nós nos perdemos algumas vezes, mas o lugar não é tão grande e finalmente encontro a fileira certa dos Hayward.

Quase dava para passar despercebido pela lápide. É apenas uma pequena pedra com uma placa, mas é o único lote que foi escavado recentemente.

— É aquela, lá — digo, apontando.

Viv puxa meu braço.

— Vamos lá, então.

Balanço a cabeça.

— Vá na frente.

Ela inclina a cabeça.

— Você não vai realmente me fazer olhar para minha própria sepultura sozinha...

Olho por cima do ombro para o remendo de terra retangular. A grama está começando a crescer, selando-a como se sempre tivesse estado lá. Sinto um calafrio.

Viv me tranquiliza e toca minha bochecha.

— Eu estou aqui com você, Cam... *viva*.

Deslizo minha mão na dela e aperto. Ela está levando tudo isso tão numa boa; quisera eu ter metade da força. Aproximamos-nos do lote juntos. Na verdade, esta é a primeira vez que vejo a lápide. Ela não estava nesse lugar durante o funeral. Não há muita coisa nela, apenas o nome dela completo — Vivian Frances Hayward —, suas datas de nascimento e de morte.

Sem aviso prévio, lembranças do acidente inundam minha mente — estrada, chuva, pneus guinchando, o isqueiro. As imagens aparecem novamente, como se estivesse acontecendo *agora*. Fecho os olhos e estremeço quando o carro bate no poste, depois saio para ver a janela quebrada, o sangue — e caio de costas nos arbustos. Quando abro os olhos novamente, estou tremendo, agarrando Viv contra mim, enterrando meu rosto no pescoço dela. Ela sussurra palavras suaves em meu ouvido, acariciando meu cabelo, e agora posso ouvi-la chorando também.

Acaricio as costas dela gentilmente enquanto ela dá beijinhos na minha bochecha.

— Sinto muito — sussurra. — Lamento muito, Cam.

Balanço a cabeça.

— Não, eu é que lamento.

Afastamo-nos da pedra fria e sem vida no chão, caminhando até encontrar um banco de madeira. Respiro profundamente o ar frio.

— Eu não sabia que seria assim — digo, segurando a cabeça nas mãos. Mesmo com Viv ao meu lado, ela ainda está lá no chão também. — Não deveríamos ter vindo aqui.

Ela não responde. Olho e noto que o fungar dela se transformou em muitas lágrimas silenciosas. Meu estômago revira. Quando Viv começa a ficar mal, não há muito o que se possa fazer. Todas as minhas lembranças horríveis desaparecem. Eu a puxo para meu colo e a nino suavemente enquanto ela toma fôlego e soluça.

— O que foi? — sussurro. — Você pode me contar.

Ela balança a cabeça vigorosamente e diz:

— Eu não conseguia acreditar que tinha perdido você e... aconteceu, e... *Como você pôde fazer isso?*

— Ah, Viv... eu não fiz nada... Nunca faria isso de propósito...

Esfrego-lhe as costas enquanto ela soluça de encontro a mim, e me sinto tão impotente. Tudo que posso fazer é abraçá-la e ouvi-la chorar. Finalmente ela parece ganhar controle sobre sua respiração. Então suspira e fala, em uma voz trêmula:

— Você simplesmente tinha *ido embora* e eu não conseguia suportar...

— Shhh — sussurro, removendo o lenço dos cabelos para acariciá-los. — Não é culpa sua.

Ela dá um pequeno gemido triste e encosta a cabeça no meu ombro, me abrançando firmemente. Por fim, ela fica em silêncio e nossa respiração entra em sincronia.

— Você disse... você *promete*... que nunca vai me deixar de novo? — pergunta ela.

Por um segundo mórbido, penso no cara na sepultura do mundo dela, e em como não sou um substituto dele.

— Enquanto você me quiser — digo.

Ela me agarra por baixo do casaco, como se estar em meus braços não fosse o suficiente.

— Vou ser melhor desta vez também, eu prometo...

Fecho os olhos, inalando o cheiro dela enquanto nos beijamos.

— Nós dois seremos.

DEZENOVE

— PODEMOS FICAR AQUI? — PERGUNTA VIV.

Eu tateio ao redor do poste, olhando o céu relampejante.

— Podemos voltar sempre que você quiser, à noite — digo a ela. — Eu só não quero correr o risco de alguém nos ver.

Enrugo a testa e continuo buscando pelo ar. Eu poderia jurar que o local era bem aqui... Então meus dedos finalmente formigam no lugar certo. Não sei por que é tão difícil de encontrar. Olho para trás, para o rosto molhado de lágrimas de Viv. Agora ela parece apreensiva.

— Você está pronta? — pergunto. — Quer fechar os olhos outra vez?

Ela torce a bainha do suéter.

— E se... eu não quiser ir para casa?

Hesito, sem saber se ela está falando sério.

— Eu não posso levá-la para minha casa e escondê-la no armário.

Ela faz uma careta, mas não diz nada, nem se mexe. Faço uma expressão desconfiada e lhe levanto o queixo.

— Nós podemos sair outra vez amanhã. Eu prometo.

Ela olha o local verde e transparente onde estou com a mão e suspira.

— Você vai primeiro.

Pego a mão dela e adentro o ar elétrico à minha frente, deixando o lugar verde brilhante. Tenho que abaixar um pouco para conseguir atravessar desta vez. Saio do outro lado, voltando-me para ajudar Viv a atravessar, quando vejo alguém em pé na calçada, olhando-nos. Entro em pânico e viro-me, mas não posso avisar Viv — ela está logo atrás de mim. Olho em volta procurando por algum lugar para nos escondermos, mas não há nada além dos arbustos, que vão até a altura do joelho, e o poste.

— Cam?

Meu cérebro ainda está irradiando o zumbido da eletricidade, mas quando reconheço a voz de Nina, suspiro de alívio. Viv atravessa, um pé materializando-se para fora da luz verde e depois o outro. Ela ainda está segurando minha mão e, quando termina de atravessar por completo, a aperta com força e sobressalta-se.

— Até que foi legal desta vez!

Com Viv em segurança, expiro e solto a mão dela.

— Nina, graças a Deus que é você — digo.

Seus olhos voam de mim para Viv e ela enrijece.

— O que *você* está fazendo aqui?

Começo a ir em direção a ela, mas Viv me puxa de volta.

— Está tudo bem — digo a ela. — Nina já sabe de tudo.

O aperto de Viv fica mais forte no meu braço esquerdo.

— Ah?

— Eu estava, hum... mostrando para Viv como isso funciona. — Aponto para o poste.

Nina não se moveu. Ela está vestindo uma jaqueta leve e calça jeans apertada. Seus cabelos estão soltos — ela nunca os prende como estava usando no restaurante. Está com os braços soltos, movimentando os dedos de uma das mãos. Eu ainda me sinto mal pelo que disse a ela sobre o bilhete em seu anuário, mas por alguma razão sinto-me ainda mais estranho falando com ela enquanto Viv está grudada em meu braço. Elas se olham como se fossem adversárias.

Nina balança a cabeça lentamente, mas seus olhos não abandonam Viv.

— Não é seguro para você ficar com ela, Cam.

Endireito o corpo, olhando rapidamente ao redor.

— Nós não fomos vistos.

— O que você está fazendo aqui de novo? — questiona Viv entre dentes.

Nina olha para ela durante cinco longos e desconfortáveis segundos. Então me olha bem nos olhos.

— Isso é perigoso.

— Nós sabemos perfeitamente o que estamos fazendo — diz Viv, se colocando na minha frente. — E isso não tem nada a ver com *você*.

Nina franze os lábios.

— Você entende o que poderia acontecer se algum de vocês fosse visto?

— Perfeitamente — diz Viv. — Mas isso continua não tendo nada a ver com você.

Nina olha para mim interrogativamente. Eu me pergunto o que o outro eu teria feito. Aproximo-me de Viv e tomo-lhe o braço. Os olhos de Nina arregalam-se. Ela contrai o maxilar, então se vira e vai embora. Faço menção de ir atrás dela, totalmente confuso, mas Viv aperta minha mão *com força*. Estremeço e recuo, mas antes que eu possa dizer qualquer coisa, ela começa a ir na direção oposta.

— Viv, espera...

Corro atrás dela pela calçada. Quando toco seu braço, ela para abruptamente. Há mágoa em seus olhos.

— O que há de errado? — pergunto. — O que aconteceu?

— Por que *ela* já sabe que você está vivo?

Abro minha boca, mas não sai nada. Fecho-a novamente. Viv cruza os braços, descontente, esperando. Onde eu me meti?

— É uma longa história...

— Você foi vê-la antes de mim?

Lembro-me de Nina parada na luz verde fantasmagórica naquela primeira noite, depois aparecendo à minha porta. Quando foi isso? Semana passada? Parece que foi há meses.

— Nina veio até *mim*... Eu nem sequer sabia quem ela era. Eu não sabia que você estava viva.

Ela estreita os olhos.

— O que você quer dizer?

Olho o alvorecer cor-de-rosa ao leste.

— Não há nenhuma Nina de onde eu venho. Bem, há, mas eu nunca realmente a conheci...

— Você não a conhecia?

Balanço a cabeça, as palmas para cima.

— Eu não sei se teria te encontrado sem ela.

Ela brinca com o seu lenço de seda e começa a caminhar novamente. Eu a sigo. Não consigo acompanhar.

— O que foi aquilo lá atrás? — pergunto.

Ela está escapando, com seu passo longo habitual. O sol rompe no horizonte e ela pega os óculos escuros.

— Ela simplesmente era obcecada por você enquanto estava vivo — diz Viv.

Eu tropeço numa elevação na calçada.

— Hã?

— Ela ficou quase tão arrasada quanto eu quando você morreu. Eu senti pena dela... Ainda sinto.

— Mas... eu pensei que Nina e eu fôssemos bons amigos.

Ela faz uma careta e prende o cabelo atrás das orelhas.

— Ela estava apaixonada por você há um tempo. Não aceitou muito bem quando você disse a ela que só queria que fossem amigos, porque você estava *comigo*, é claro. Enfim, ela ficou um pouco assustadora, aparecendo do nada, tentando ser vista em público com você, deixando bilhetes... um pouco *stalker* demais...

Minha perna começa a doer e preciso diminuir o ritmo. Viv ajusta seu ritmo para combinar ao meu.

— *Obsessiva*? Nina não é assim.

— Mas se ela te ajudou a me encontrar, talvez tenha finalmente superado isso.

Minha cabeça começa a girar. Parece tarde demais para dizer a ela que Nina *não* me ajudou espontaneamente a encontrá-la, então não digo nada. Estamos de volta à calçada em frente à casa dela, que ainda está escura do lado de dentro e de fora, embora o sol esteja subindo rapidamente no céu.

— Acho melhor eu ir... Antes que seja reconhecido — digo.

Ela agarra meu casaco e me puxa para perto.

— Mas você vai voltar? Por mim?

— Claro que vou.

Uma linha fina se forma entre as sobrancelhas dela.

— Você vai ver Nina?

— Eu... não sei — digo. — Seria ruim se eu fosse?

Ela envolve os braços em volta do meu pescoço e murmura no meu ouvido.

— Eu simplesmente não conseguiria suportar se ela roubasse você de mim.

Fico em silêncio. O sorriso doce de Viv me faz pensar que ela não percebe a ferroada em suas palavras. Mas depois de tudo que passamos, o que a faria ao menos dizer isso? Deslizo meus braços em volta da cintura dela e inclino-me, apagando as palavras de seus lábios.

VINTE

PASSEI O DOMINGO TODO LIMPANDO MEU QUARTO. TENHO PLANOS para ir ver Viv escondido na primeira oportunidade, e não quero que ela saiba que tenho sido um desleixado total. Tiro uma tonelada de lixo de debaixo da cama e da escrivaninha. Tarefas do ano anterior que nunca entreguei, receitas médicas antigas, alguns pratos que possivelmente continham comida. Vou em direção ao armário, só parando quando encontro por acaso a camisa branca de futebol com o enorme número cinco vermelho. Primeiro eu a jogo na lata de lixo, mas depois tiro. A primeira vez que vi PIKE escrito na parte de trás de uma camisa dos Fowler Rams, foi quando Mike e eu pegamos nossos uniformes da equipe júnior juntos. A estamparia tinha escrito *Liu* errado, e nós voltamos rindo durante todo o caminho de casa de como alguém pode estragar um nome com apenas três letras. Corro os dedos sobre a costura. Sei que é muito tarde para retornar, independentemente de qualquer coisas que

Logan diga, mas tive alguns bons momentos enquanto usava o uniforme.

Eu o dobro e coloco na minha gaveta.

Viv e eu fizemos planos para mais uma noite feliz juntos. Ela insiste em vir para o meu lado novamente e, apesar de a minha mãe avisar que estará em casa à noite, saio uma hora depois. Contrabandeio alguns cobertores e levo Viv para o pátio da escola primária, onde voamos para frente e para trás no balanço até nossos narizes ficarem dormentes por causa do frio. Há uma estrutura de madeira em forma de torre de castelo, com escorregadores retorcidos embaixo, e escalamos para dentro dele, onde guardei os cobertores, e nos aconchegamos ali juntos, tentando nos manter aquecidos.

— Eu quero ficar aqui para sempre — diz Viv para mim.

— É um pouco frio — digo, puxando os cobertores para mais perto de nós.

— Não aqui no parquinho. Quero dizer *aqui*, no seu mundo.

— Por que você iria querer ficar aqui? — Meus dedos torcem os cachos dela. — Você tem tudo em casa. Seus pais, as animadoras de torcida...

— Mas aqui eu sou tão *livre* — diz ela.

— Não seja boba, com o que você tem que se preocupar lá?

— Bem, eu não preciso ser animadora de torcida! — Ela hesita. — Você disse que eu desisti disso para ficar com você aqui... Obviamente, eu estava no caminho certo.

Olho para as estrelas através das formas recortadas do telhado e me lembro do quão feliz ela costumava ficar com seu uniforme, sorrindo do campo para a multidão.

— Eu sempre achei que você sentia falta.

— Eca. — Ela entorta o lábio. — Eu não posso acreditar que continuei com isso depois do acidente... Bem, meus pais acharam que seria melhor para mim.

Eu não tinha pensado nisso. Viv poderia estar tendo tanta dificuldade em lidar com seus pais quanto eu estou tendo para lidar com os meus. Eu fico preso à terapia e ela tem que continuar como animadora de torcida.

— Eles são a razão para você querer ir embora? — pergunto.

Ela fica em silêncio durante meio minuto, olhando para algum lugar distante. Então senta-se e olha no fundo dos meus olhos, traçando o dedo sobre a barba por fazer do meu queixo.

— Não importa por que eu quero ir embora. *Você* é a razão de eu querer ficar.

Ela inclina-se, e a noite está tão fria que nossos olhos se abrem quando os lábios frios se encontram. Nós dois rimos. Eu a puxo para perto e a abraço, ouvindo sua respiração junto à minha. Ela está certa, nada disso importa quando você já tem o impossível.

— Para onde você acha que devemos ir depois de nos formarmos? — pergunto, em vez disso. — Encontrar um lugar onde ninguém vai nos reconhecer?

— Ooh, Taiti... *seu* Taiti! — diz Viv, e treme. — Vamos para algum lugar longe e eternamente quente.

Olho para ela, surpreso.

— Eu pensei que você nunca mais iria querer ver outra praia depois daquela viagem para o Havaí com seus primos.

— *Havaí*? — pergunta ela. — Eu nunca estive lá. Acho que me lembraria de uma viagem à ilha paradisíaca.

Balanço a cabeça, confuso.

— No segundo ano? Você foi durante as férias de primavera, quando sua prima Amanda entrou em Harvard. Você chegou em casa com uma queimadura de sol feia e jurou que nunca mais iria querer ver outra palmeira.

O rosto de Viv fica pálido.

— Harvard?

— É. Ela ainda está lá... estudando medicina.

Ela franze a testa.

— Amanda está internada pela segunda vez numa clínica de reabilitação.

Nós dois nos remexemos desconfortavelmente. Pelo que sei, a prima de Viv superou um problema com drogas em estágio inicial quando estava *indo* para Harvard, mas tenho medo de dizer mais alguma coisa.

— Ela *poderia* ter sido brilhante — choraminga Viv. — Acho que lidou melhor com a pressão aqui. Mais pontos para o seu mundo.

Tusso, surpreso. Viv sempre admirou Amanda, mesmo quando viu sua luta. É estranho ouvi-la desdenhando dela agora.

— Bem, o Taiti é um pouco longe, de qualquer forma — digo, mudando de assunto. — E se você quiser visitar sua casa?

Ela balança a mão com desdém.

— Eu mando um cartão postal. De quantos selos você acha que vou precisar para enviá-lo através da luz verde?

Eu rio e nós dois trememos e nos aconchegamos.

— Nós não *temos* que esperar até lá — diz Viv depois de um tempinho.

— Se você quiser ficar no meu mundo, nós temos. Minha mãe *vai* me encontrar e me matar se eu ficar na mesma dimensão que ela e não me formar.

Ela ri e eu levanto seu queixo para que ela encontre meus olhos.

— Mas se nós fôssemos para o seu lado...

Ela balança a cabeça vigorosamente.

— De jeito nenhum.

Reviro os olhos. Ela sempre foi teimosa e isso está claramente tornando-se algo do qual ela não vai abrir mão.

— Quando a escola terminar, ninguém vai se importar com o que fizermos — digo. — Nós podemos resolver para onde ir, então.

Ela aconchega-se mais perto de mim debaixo do cobertor, repousando o rosto no meu peito.

— Você quer dizer que podemos descobrir um jeito de ambos ficarmos *aqui*.

VINTE E UM

QUANDO SAIO PARA A ESCOLA NA SEGUNDA-FEIRA DE MANHÃ, A Turma da Faxina está agrupada numa fila na minha casa. Mamãe realmente tirou um dia de folga para fiscalizar isso. Eu não contei a ela que pensei que isso fosse demorar tipo uma semana. Tenho lembranças do chão da nossa cozinha, e ele é branco, não cinza.

Ainda assim, é bom que ela esteja tentando.

Entro pelos portões da Fowler High antes de o sinal tocar, para variar. Esqueci-me de como pode ser abarrotado tentar entrar juntamente ao restante do corpo discente. Um calouro carrega uma cartolina com um projeto que montou durante o fim de semana, uma menina que reconheço do ponto de ônibus dos fumantes passa por mim para sair e dar uma tragada. Outra menina oscilando na minha frente com um salto alto cor-de-rosa ridículo quase cai da escada se não a pego.

— Você está bem? — pergunto quando ela já está de pé novamente.

— Sim, obrigada, eu... Camden?

Eu a largo rapidamente.

— Você deveria ter mais cuidado com essas coisas, Tash.

Subo as escadas passando por ela, mas antes que eu suba dois degraus, levo um empurrão de um Logan West com a cara muito vermelha, indo de encontro ao corrimão.

— Está mexendo com a minha garota, Pike?

É difícil formar uma frase coerente quando suas costas estão dobradas em um ângulo nada natural sobre uma grade de metal.

— Sua garota?

— Não invente nada desta vez, entendeu? — Ele aponta para ela com a cabeça. — Aquilo ali é meu.

Olho para Tash, cujo cabelo está armado de um jeito que a deixa parecida com um poodle de roupa rosa. Mesmo se o beijo de Viv não estivesse ainda quente nos meus lábios, a sugestão é tão ridícula que rio em voz alta.

— Parabéns, eu não sabia que você era o oficial — digo. — A última coisa que ouvi era que vocês dois tinham apenas uma amizade colorida.

Logan me empurra novamente, e por um instante acho que ele vai dar o soco que tanto vem querendo dar desde que Viv o deixou e me jogar sobre o corrimão... Mas isso ainda não acontece. Há um recebedor de pé entre mim e o zagueiro não-tão-estrela.

— Ei West, por que você não vai comprar sapatos práticos para sua *namorada*? — diz Mike. — Se Pike não a tivesse segurado, ela teria caído de bunda no chão.

O rosto vermelho de Logan escurece para roxo. Ele olha de mim para Mike e depois desce os degraus em direção a Tash.

— Namorada? — O sorriso de Tash se abre enquanto ela olha de Mike para Logan. — Vou mandar uma mensagem de texto para Niki!

Logan passa por nós, tentando falar enquanto Tash efetivamente transmite a notícia para toda a escola.

Eu olho para Mike.

Ele levanta as sobrancelhas.

— Bom dia para você também.

Meu humor fica ruim pela primeira vez em dias. Eu posso não estar mais na equipe, mas quando foi que Mike decidiu que isso significa que preciso ser mimado e protegido? Penso no Rei Vermelho, orgulhoso na frente de toda a escola, de braço dado com Viv. O que ela pensaria de Mike me defendendo?

— Eu posso lidar com Logan sozinho — digo.

— Desculpe, você estava *tentando* quebrar seu nariz?

Cerro minha mandíbula.

— Apenas me deixe lidar com minha própria merda. Você não tem algumas suas para lidar também, ou você é um cara legal demais para levar um soco?

— Cara, o quê...

— Apenas afaste-se, tudo bem? — Eu começo a subir as escadas, mas o olhar no rosto de Mike me faz andar mais devagar. Como eu explico que não quero parecer um perdedor comparado ao... outro eu?

Quando chego ao topo, ele grita:

— Que diabos aconteceu com você, Pike?

Faço um gesto de desdém e falo por cima do ombro:

— Eu tive um ótimo fim de semana.

— Sr. Reed! — chamo do outro lado do corredor, a caminho do almoço.

Meu ex-treinador para e espera que eu saia do tráfego de estudantes.

— Sr. Pike? Existe algo que eu possa fazer por você?

Sinto-me um pouco idiota procurando-o para falar sobre isso, mas agora que estou diante dele, não posso desistir.

— Eu estava esperando, quero dizer, quero lhe perguntar... Você acha que eu poderia entrar numa turma de educação física?

Ele começa a abrir a boca, mas falo rápido antes que qualquer um de nós possa pensar.

— Eu tenho o segundo tempo livre e, quero dizer, sei da minha perna e tudo, mas eu só acho que talvez fosse bom para mim. Eu meio que quero voltar a ficar em forma. Não para jogar novamente, obviamente, mas eu não sei...

Meu rosto fica quente. Reed está lá, impassível. Juro que ele nem sequer pisca por um minuto inteiro.

— Se você acha que está pronto para isso... Vou falar para a secretaria cuidar disso, Camden.

Fico boquiaberto. Eu pensei que ele pelo menos fosse dizer que precisava pensar no assunto.

— Tudo bem. Obrigado, hum... treinador.

— Cam — diz ele enquanto afasto-me rapidamente. — Você terá um armário com seu nome amanhã. Traga roupas de ginástica.

Estou *dentro.*

Passo pelo refeitório, mas apenas para comprar comida. Os hambúrgueres não melhoraram nada desde que Viv e eu comemos ali no ano passado, mas coloco uma tonelada de condimentos até que pareçam comestíveis. Eu os embrulho novamente em papel alumínio e descarto minha bandeja antes de sair para o corredor. Entretanto, quando vejo Mike debruçado sobre seu caderno de desenhos na nossa entrada de costume, desacelero.

Ele aponta com a cabeça para os hambúrgueres quando me aproximo.

— Você vai voltar a comer?

— Eu poderia ganhar um quilo ou dois — digo cautelosamente.

Eu só quero achar um lugar para sentar... sozinho. Olho de relance para o caderno aberto no colo dele, que possui uma versão detalhada do que parece ser uma menina-gnu sexy. Ergo uma sobrancelha. Novo território para ele.

— Então... você vai comer em pé ou o quê? — diz ele.

Ele está ali, mastigando barrinhas energéticas e desenhando, como de costume, como se eu não tivesse sido um total idiota com ele de manhã. Fico lá alguns longos segundos e depois me sento.

Mastigo minha comida mecanicamente, tentando fazer com que cada mordida dure e eu tenha uma desculpa para não falar. Em vez disso, assisto às coisas acontecendo ao nosso redor. Keisha Todd e James Clark estão se pegando pelo corredor. Os caras do Clube de Matemática, perto de nós, estão debruçados sobre os notebooks resolvendo equações. Em outro lugar, vejo Tash Clemons e sua legião estalando pelo corredor — aparentemente, *combinaram* de usar salto alto para que pudessem segurar uma nas outras o dia todo.

— Então... eu estava curioso — diz Mike, enfiando o lápis atrás da orelha. — Vi que o memorial se foi... *Você* que o desmontou?

Por que ele não pode simplesmente não querer falar comigo depois desta manhã, como qualquer pessoa normal faria?

— Sim — digo, limpando mostarda da minha boca.

— Se importa se eu perguntar por quê?

— Foi *você* quem sugeriu que eu continuasse a viver minha vida. O que você quer?

— Não, eu... Bem, talvez eu tenha. — Ele agarra a garrafa de isotônico. — Quero dizer, faça o que precisar. Eu só queria saber o que significa.

— Significa que eu o desmontei. — Amasso minhas embalagens.

— É bizarro — diz ele. — Um dia você está caído no chão aos pés Logan e no dia seguinte está ajudando Tash e procurando briga. O que aconteceu neste fim de semana, Cam?

Levanto-me rapidamente e jogo minha mochila por cima do ombro.

— Eu não posso ficar triste para sempre.

VINTE E DOIS

ESTÁ QUASE ANOITECENDO QUANDO CHEGO NA ESQUINA, MAS EStou cansado de esperar. Nunca me sinto totalmente completo quando não estou com Viv. Depois de entrar na luz verde, caminho imediatamente em direção à casa dela. Há nuvens no céu, mas não está frio o suficiente para nevar. Ainda assim, pego ritmo para não tremer.

Começo a pensar em lugares onde Viv e eu possamos ficar sozinhos esta noite — algum lugar mais quente do que o parquinho, talvez até mesmo um cinema. Ninguém nos verá no escuro. Vozes conversando chamam minha atenção quando estou no meio de um cruzamento, e vejo um grupo de garotos do ensino médio vindo em minha direção. São alguns caras e algumas garotas, mas não reconheço nenhum deles à princípio. Estão conversando sobre um programa de TV, mas depois um deles olha para mim e eu olho de volta — e é o *Logan.*

Ele para, eu paro e tenho certeza de que *ambos* corações param durante um segundo infinito, a julgar pelo rosto dele. Nunca vi aqueles olhos calculistas e esquivos arregalarem tanto.

— Ei...

Eu saio correndo antes que ele consiga terminar a palavra.

Corro pelos jardins mais rápido do que já corri no futebol americano. Puxo meu capuz para cima e pulo uma cerca, desvio de uma piscina e pulo para o quarteirão seguinte. Corro pela rua até perceber que estou a céu aberto, e retorno para a entrada da garagem de alguém. Um cachorro late para mim e eu pulo para o quintal vizinho, mas então começo a reconhecer onde estou. Olho para trás, mas ninguém está atrás de mim, então ando por mais dois jardins até chegar à casa de Nina. Agacho contra o tapume atrás dos arbustos da varanda, na esperança de que um bando de cinco pessoas não me descubra.

Após vários minutos de silêncio, meu coração para de bater com tanta força e creio que meu cérebro sai do modo "sobrevivência", porque sinto como se minha perna direita estivesse pegando *fogo*. Saio mancando do esconderijo, mas tudo que vejo é uma rua vazia. Não ouço nada além de um carro estacionando no outro quarteirão. Inclino-me para a frente, massageando os músculos palpitantes sobre meus ossos doloridos, e respiro. Eu sou um idiota. Por que diabos eu não estava prestando atenção?

Alguém grita mais adiante na rua e meu corpo fica rígido. O sentimento relativo de segurança me abandona. Alcanço o parapeito da varanda e hesito. Na última vez que vi Nina foi tudo tão estranho. O que ela vai fazer se eu bater à sua porta agora? O guincho de pneus no asfalto penetra nos meus ouvidos e minhas prioridades mudam

— o que vai acontecer se eu for pego aqui? Tropeço rumo à varanda e toco a campainha. Alguns segundos passam, mas não ouço ninguém vindo. Bato levemente à porta, dou uma olhada nervosa e olho para a escuridão. Sou grato por ninguém ter acendido a luz da varanda esta noite. Estou prestes a tocar a campainha de novo quando a porta finalmente se abre e Owen olha para mim.

Eu o empurro para o lado, entro para a segurança do corredor e giro a chave atrás de mim. Afundo contra a porta e expiro. Owen ainda está olhando para mim em silêncio.

— Ei, amigo — digo. — Como você está?

Ele dá um leve sorriso, mas não diz nada.

— Hum... Nina está por aí?

Ele dá de ombros. O cabelo da testa está úmido com suor e ele está bem pálido.

Ajoelho-me na frente dele.

— Owen, onde está Nina?

Os olhos dele estão vidrados e sem foco. Tento me lembrar por que Nina disse ele que estava doente... Diabetes? O que você faz a respeito? Olho em volta da casa para ver se alguém está por perto, mas está muito escuro.

— Ela está lá em cima? — pergunto.

— Eu não quero incomodar ela... — A voz dele falha.

— Vamos lá, O. — Eu pego a mão dele. — Vamos lá vê-la, ok?

Os dedos são frios no contato com os meus. Ele tropeça na escada, mas eu o pego e tento manter a calma. Algo está muito errado com o garoto. A porta de Nina está fechada quando chegamos ao corredor. Eu bato, mas quando ela não responde imediatamente, abro e entro.

Ela está encolhida na cama, que está tão caprichosamente estendida quanto da última vez que estive aqui. Ela está vestindo calça jeans e um suéter e mantém os olhos fechados. Há um caderno aberto à frente no qual ela rascunhou alguns problemas de matemática, porém adormeceu com uma revista em quadrinhos nas mãos. O iPod está do lado, mas os fones caíram e ela está tão tranquila que seja qual for a *playlist* que ela estivesse ouvindo, já deve ter terminado. Agarro-lhe a perna e a balanço.

— Nina!

Ela chuta e grita, mas eu desvio. Ela voa de encontro aos travesseiros, ficando emaranhada nos fones de ouvido.

— Jesus... *Cam*?

— Há alguma coisa errada com Owen — digo.

— Que diabos você está... — Os olhos dela voam em direção ao irmão. — O que... Owen?

Ela dá uma olhada para ele, que cambaleia ao meu lado, e dá um salto da cama, tocando-lhe a testa e falando com ele.

— O, o que houve? Qual é o problema?

— Estou com fome — murmura ele.

Os olhos de Nina se arregalam.

— Que horas são? Você jantou?

Owen balança a cabeça.

— Tia Car disse que iria fazer alguma coisa logo.

Ela agarra os ombros dele, a mandíbula apertada.

— Isso é importante, Owen. Você se lembra de ela ter lhe dado uma injeção antes de sair?

Ele hesita durante o que parece uma eternidade, e então assente.

— Nós vamos comer logo?

Nina enruga o rosto. Ela olha em volta como se estivesse tentando formular um plano, então se levanta e vai em direção à porta.

— Ei, o que eu posso fazer? — pergunto. — Precisamos chamar uma ambulância?

— Ele precisa de açúcar — grita, já no meio do corredor.

Owen parece prestes a desmaiar. Eu o tomo nos braços e sigo Nina pelas escadas. Quando chegamos à cozinha, ela escava a geladeira até achar um recipiente enorme de suco de laranja. Coloco Owen gentilmente em uma cadeira enquanto Nina despeja o suco em um copo. Ela está quase tão pálida quanto o irmão, e leva o copo aos lábios dele, mas a mão dela é instável. Eu o tomo dela e dou para ele beber.

— Estou cansado — murmura ele, afastando-se do copo.

— *Beba*, Owen — implora Nina.

— Owen, beba o suco, amigo — digo. — Eu não posso te contar todos os meus segredos do futebol se você dormir.

Ele rola a cabeça em minha direção e espreita com um olho. Tento afastar a ansiedade do meu rosto. Faço um meneio de cabeça para ele e sorrio encorajadoramente. Ele toma um gole muito pequeno a princípio, mas finalmente bebe até o final. Nina parece acalmar-se quando coloco o copo vazio ao lado, e a tensão abandona meus ombros. Eu não sei como o suco irá ajudá-lo, mas isso tem que ser um bom sinal.

— O que você está fazendo aqui? — pergunta ela para mim, exausta.

— Nada... — Eu hesito, revivendo o momento em que Logan me viu. Parece que foi há cem anos. Ela não precisa saber isso. — Mas que bom que apareci.

Dez minutos depois, Owen está alerta, mesmo sentindo-se um lixo. Eu o levo de volta para a cama, onde ele pode ficar confortável, e Nina verifica os níveis de glicose dele pelo menos cinquenta vezes antes de lhe dar um sanduíche de manteiga de amendoim e geleia para o jantar.

— Você tem certeza de que ele não precisa ir para o hospital ou algo assim? — pergunto.

Nina balança a cabeça e levanta-se para ficar perto da cama dele.

— Ele vai ficar bem.

Owen cruza os braços e franze a testa.

— Eu nunca vou ficar bem.

— Está sentindo-se pior novamente? — pergunto, olhando o medidor de glicose.

Ele olha para mim, mas fixa seus olhos nas traves de gol que pontilham o edredom.

— Eu não posso jogar futebol se estou doente o tempo todo.

— Não foi sua culpa, O — diz Nina.

Sento na beirada da cama.

— Pessoas com problemas muito piores praticam esportes. Você só tem que se cuidar.

Ele não olha.

— Futebol *não* tem nada a ver com ser perfeito, Owen. — Engulo em seco, tentando não pensar muito sobre o que estou dizendo. — Os melhores jogadores são aqueles que mais querem jogar, que dão seu melhor. — Pego uma bola de futebol americano que está apoiada em uma estante, surpreso por sentir-me tão bem com ela em minhas mãos. Ele a agarra quando a jogo para ele. — Vai ser triste se os Rams nunca tiverem um zagueiro tão maravilhoso quanto você será.

Ele me olha com ceticismo, mas as sobrancelhas não estão mais franzidas.

— Não é verdade, Nina?

Ela não responde. Olho para onde ela estaria, mas não tem ninguém.

Volto-me para Owen.

— Você vai ficar bem aqui um tempo? — pergunto.

Ele deita e suspira.

— Vou... Obrigado, Cam.

Nina não está no quarto dela, embora a porta esteja aberta. Olho de novo brevemente para a foto na estante. Não há dúvida agora de que seja ela quando pequena, enrugando as sardas e sorrindo com a mãe, o pai e o irmão bebê. Pergunto-me se Owen sempre foi doente. Pergunto-me quantos anos Nina tinha quando eles morreram.

Eu a encontro na cozinha limpando o suco de laranja do balcão com um chumaço de papel-toalha.

— Você está bem? — pergunto. É uma pergunta estúpida.

— Estou ok.

Os olhos dela estão secos, porém avermelhados. Ela esfrega com força algo que não consigo ver sobre o balcão, mas não me olha. Eu me aproximo, sem saber o que dizer. Parece que confortar Owen era mais fácil.

— Ele vai ficar bem — digo. — Você mesma disse isso.

— Eu sei. — A voz está baixa, irritada.

— Então qual é o problema?

Ela embola as toalhas de papel empapadas e as lança na pia, passando por mim.

— Ele não teria ficado mal se eu estivesse prestando mais atenção!

— Opa. — Levanto minhas mãos. — Nina, isso não foi culpa sua.

Ela faz um ruído de desprezo e cruza a cozinha em direção à pia. Hesito, tentando encontrar as palavras certas, e coloco a mão no ombro dela.

— Não seja tão dura consigo — digo. — Cuidar de seu irmão não deveria ser *sua* responsabilidade.

Ela fica parada por um momento quando a toco. Então tira a bagunça de toalhas de papel e começa a esfregar a pia, evitando meus olhos. Deixo minha mão cair.

— Obrigada, mas quem mais vai fazer isso? Tia Car nunca se lembra.

— Bem, talvez você devesse falar com ela... *Ela* é o adulto. Simplesmente não é justo...

— A vida não é justa, Cam! — rebate.

Eu olho para ela.

— Não há um dia em que eu não gostaria de poder voltar à minha antiga escola, minha antiga casa, onde meus pais se preocupavam no meu lugar *ou* no de Owen. Mas quando eles morreram, tudo isso mudou. — Ela se afasta, deixando o cabelo esconder o rosto. — Acho que não posso esperar que você entenda.

Cerro os dentes. Ela se lembra de com quem está falando?

— Caso você tenha se esquecido, tenho uma perna manca, meu pai foi embora e minha namorada morreu...

— E agora, olha só, você a tem de volta — finaliza Nina para mim.

Fico boquiaberto, mas mantenho a calma. Não posso esperar que ela entenda que o universo deve isso a mim e a Viv. Ele só está consertando as coisas.

— Ainda assim tive que passar por isso.

— Não é desse jeito que as coisas devem ser. Meus pais morreram e se foram para sempre.

— Olha, eu sinto muito por seus pais. Eu realmente queria que você pudesse tê-los de volta também...

— As pessoas morrem, Cam. — Seu tom é gelado e calmo. Ela me fita diretamente nos olhos. — Por mais que eu os queira de volta, aceitei que isso nunca vai acontecer e que sou *eu* que tenho que cuidar do meu irmão.

Mordo a parte interna da bochecha.

— Não me culpe só porque por acaso eu tive sorte.

— Você acha que isso tudo estava escrito ou algo assim? — Ela bufa. — O que está acontecendo com você e Viv... é perigoso e é errado.

Abro minha boca para responder, mas as palavras dela me fazem vacilar. Como ela pode dizer que é errado? É incrivelmente maravilhoso! Ainda assim, parece cruel esfregar seu o infortúnio na cara dela. Eu abaixo a voz.

— Eu não posso perdê-la novamente, Nina.

Ela baixa o rosto, e agora eu sinto pena dela. Aposto que a Nina do outro lado ainda tem seus pais.

— Apenas... tenha cuidado, Cam.

— Terei. — Toco a mão dela. — Eu realmente sinto muito...

Ela olha para baixo, para onde os nossos dedos se sobrepõem, e, em seguida, se afasta.

— Eu também.

VINTE E TRÊS

NÃO ENCONTRO VIV QUANDO FINALMENTE CHEGO À CASA DELA. A janela está aberta, mas a luz do quarto está apagada. Eu a chamo baixinho do lado de fora, mas não há resposta vindo das sombras ou da árvore. Circundo a casa com cuidado, mas a única luz que vejo vem da sala de estar, onde o pai dela já cochilou na frente da TV. O relógio reluzente da cozinha me faz perceber que fiquei na casa de Nina por mais tempo do que pensava.

Ela deve ter ido procurar por mim, mas se eu for procurar por ela poderíamos nos desencontrar completamente. Encosto-me na árvore, escondido sob os ramos do salgueiro, e espero que ela volte. Quanto mais tempo fico sozinho, mais difícil é lutar contra o cansaço. Tudo o que aconteceu nesta noite foi tão intenso que tudo o que quero é deitar nos braços de Viv e ouvir o som suave da voz dela. Talvez ela só tenha ido dar uma voltinha... Mas depois de um tempo fico com esse sentimento irritante. E se ela achar que eu simplesmente não vim? O que ela faria? Lembro a mim que Viv *tem* outros amigos aqui. Qualquer garota que acha que foi esquecida não iria chorar para outras meninas? Só que eu realmente não consigo imaginar Viv explicando a Tash Clemons que seu namorado morto não apareceu quando disse que apareceria.

A luz da TV finalmente se apaga. O Sr. Hayward vai para a cama. Levanto-me para dar uma esticada, exausto e dolorido de ficar sentado nas raízes cheias de nós. Se eu tivesse meu celular comigo poderia tentar ligar para ela, mas não tenho certeza se meu plano de chamadas cobre áreas interdimensionais. Olho para a janela escura de Viv uma última vez e, relutantemente, vou em direção à minha casa, planejando durante todo o caminho até o poste como farei as pazes com ela no dia seguinte — como vou implorar por perdão com pequenos beijos por todo o corpo dela.

Meus pensamentos estão em algum lugar da coxa de Viv quando uma luz na minha frente capta minha atenção. Olho a tempo de ver Viv tropeçando para fora do brilho verde na esquina. Ela se dobra de tanto tossir e eu corro para ela.

— Viv! — Eu a ajudo a se aprumar, segurando-a perto enquanto a energia abandona o corpo dela. Ela fica mole no início, mas logo seus dedos se fecham em torno dos meus e ela olha nos meus olhos.

— Cam? — pergunta ela. — O que você... Eu estava procurando por você!

Inclino-me em direção a dela.

— Desculpe, estou aqui agora.

Meus lábios acariciam os dela, mas ela se afasta.

— Onde você estava?

Eu a solto e ela dá mais uns passos para trás.

— Eu... Eu estava aqui — digo. — Quero dizer, em sua casa, esperando por você. Eu pensei...

— Você deveria ter chegado horas atrás, eu estava tão preocupada! — Ela toca os próprios lábios, incerta. — Pensei que algo pudesse ter acontecido...

— Não fique chateada — digo. Eu quero tocá-la, mas tenho medo de que ela se afaste novamente. — Foi um mal-entendido. Eu vim mais cedo, mas o irmão de Nina estava doente e...

— Você estava com *ela*?

Paro de falar, interrompido pelo tom agudo na voz de Viv.

— Por que você faria isso?

— Não é o que... Eu estava indo para sua casa.

Ela processa minhas palavras e me faz sentir tão desconfortavelmente estranho. Viv nunca foi ciumenta... Era uma das nossas coisas. Eu sabia que eu era tudo que ela sempre quis e ela sabia que eu me sentia exatamente da mesma forma. Mas agora Viv está claramente com ciúmes de Nina e eu não sei o que fazer. Gostaria de saber se o outro eu já teve que lidar com isso.

— Vivee — digo, usando um apelido que guardo para ocasiões especiais. — Você realmente não acha que eu queria ver Nina mais do que queria ver *você*, não é?

O corpo dela fica rígido e fechado, mas os vincos da testa relaxam. Eu me aproximo novamente, erguendo uma de suas mãos.

— Nina é legal, mas você é... — Eu a puxo para meus braços. — Você é *você*.

Ela resiste mais um segundo, buscando enxergar no fundo dos meus olhos, mas depois cede. Seus lábios estão quentes e carentes, mas a maneira como encontram os meus é tão dolorosamente familiar. Minha pele ainda arrepia. Eu estive esperando por isso a noite toda e, com nosso beijo, sinto que estamos completos de novo.

VINTE E QUATRO

— **CAM? O QUE VOCÊ ESTÁ FAZENDO AQUI?**

Estou amarrando meu tênis e olho para cima.

— Eu não sabia que você estava nessa turma.

— Hum, e *você* está? — Mike olha para minha camiseta e meu short e enfia sua mochila em um armário. — Pensei que você tivesse sido dispensado da Educação Física.

Fecho meu armário e giro a combinação.

— Pedi para voltar.

— Você *pediu* para voltar para a aula de Educação Física?

— Eu estou preparado para recomeçar.

— Mas sua... — Mike vacila, olhando para minha perna direita. — Você *sabe* que é o Hernandez no segundo tempo, né?

Eu dou de ombros. Hernandez é detestado por todos os alunos, mas principalmente pelas meninas, por exigir que a gente literalmente sue na aula. Mas é por isso que estou aqui. Começo a alongar os ombros. Mike tira a camisa e começa a dizer alguma outra coisa, mas sua voz é abafada. Dou uma olhada para ele e fico aliviado por já ter me trocado. Meu tronco pálido e liso parece fraco em comparação ao de alguém que levanta pesos com regularidade. Fecho meu armário em silêncio e vou para o ginásio.

Hernandez começa a aula com uma corrida em círculos. Todos gemem, mas se mexem. Se você não começa quando ele assobia, é reprovado. Estou acompanhando o pessoal do fim da fila, tentando manter o foco, quando ele chama meu nome.

— Pike, aqui.

Corro na direção dele.

— Vou dispensá-lo da corrida. Sente-se até eles terminarem.

Olho por cima do ombro para o grupo que já está do outro lado do ginásio. Sem chances de eu sentar agora que comecei.

— Tudo bem, senhor, eu gostaria de participar.

Ele olha automaticamente para minha perna, assim como Mike fez. Ele pode ser técnico de futebol americano, mas toda a escola sabe o que aconteceu comigo. Eu estava usando calças de propósito, para cobrir a cicatriz.

— Disseram-me para não pegar muito pesado com você — resmunga ele.

— Agradeço a preocupação, mas eu gostaria de tentar pelo menos.

Hernandez pensa no que falei por quinze segundos inteiros.

— Tudo bem, Pike, a decisão é sua. — Ele me leva para o final do grupo e grita: — Continuem ou desistam para sempre, pessoal!

Volto para junto dos calouros, lutando para manter o passo.

Quando você não frequenta uma aula de ginástica há mais de dois anos, você tende a esquecer de que esportes como queimada sequer existem. Há um momento de constrangimento depois que termino a corrida, quando percebo que os times serão escolhidos, mas Hernandez não brinca com as hierarquias do ensino médio. Ele divide a classe ao meio e eu acabo gastando a maior parte do tempo tentando acertar Mike para me divertir. Na verdade, fico um pouco irritado quando percebo que ele está tentando *não* me acertar, mas muitas outras pessoas estão, então não ligo muito.

Quando volto para o vestiário, estou cheirando a suor e a borracha de bola de basquete, mas me sinto bem. Não vou dizer *ótimo* ainda. Minha cabeça está pesada devido à falta de sono, mas meu corpo sente-se diferente, como se estivesse começando a acordar. Eu fico mais um minuto depois que o sinal toca para alongar a minha perna. Ela dói, mas não da forma de sempre. Está dura e fraca do treino, mas não está latejando de dor. Amanhã será mais difícil... Mas estou quase ansioso por isso.

— Cam... — Mike surge quando estou prestes a ir para a aula de trigonometria, a voz quase inaudível sob o barulho de gente gritando e batendo armários. — Eu vi seu Facebook esta manhã. O que está acontecendo?

Eu pisco.

— Facebook? Hã?

Ele olha ao redor e fala baixinho.

— Você não acha que está levando isso longe demais?

O vestiário cheio de suor está muito barulhento e frio. Medo borbulha dentro de mim, e tenho que forçar meus pés a ficarem onde estão e não irem para casa direto abrir meu laptop.

— Eu não entro no Facebook — digo lentamente. — Há meses.

Mike apenas olha para mim.

— Bem, não importa, então. Acho que foi um fantasma.

Minha pele fica fria e úmida. Provavelmente *é* Logan desta vez. Essa é uma brincadeira fácil o suficiente para ele fazer... Mas não posso perguntar a Mike exatamente o que ele viu. Tento fechar meu armário e ele fica preso; abro novamente e o bato.

O ponteiro dos segundos do meu relógio não gira durante a minha aula de Direitos Civis. Ele rasteja ao redor do relógio em um movimento dolorosamente lento. Tento entrar no Facebook pela biblioteca, mas o site está bloqueado. Eu mataria o restante das aulas do dia, mas a última coisa de que preciso agora é chamar mais atenção. Felizmente, qualquer um que talvez use o site ou se importe com ele está preso na escola também. Fico tamborilando com o lápis na borda da mesa e preencho apressadamente as últimas quatro bolinhas no meu teste: A, B, C, D. O sinal toca. Pulo da cadeira e quase cruzo a porta, mas volto e entrego o exame para a Sra. Moore.

Eu meio que manco e meio que corro pela esquina em direção à minha rua. Meu coração parece prestes a pular do peito, mas tenho que chegar ao Facebook antes que Mike o veja novamente. Avisto uma figura nos degraus de minha escada em plena luz do dia. *Viv*? Meu coração para. Mas quando me aproximo, percebo que não é Viv — é Nina. Corro para dentro.

— O que aconteceu?

Ela levanta.

— O que você *acha* que aconteceu?

Deixo cair minhas chaves, as pego e me atrapalho para acertar a fechadura. Rodo o punho, dou um puxão e finalmente a porta se abre. Nina entra atrás de mim.

— Você quer me dizer por que fui almoçar hoje e ouvi Logan West contando para o refeitório inteiro que viu você *vivo* ontem à noite?

— Ah... — Fico preso na alça da mochila, tentando tirá-la.

— E então Viv correu para o banheiro com as mãos sobre o rosto, rindo ou chorando e... Você está me ouvindo?

Olho por cima do ombro, indo em direção ao meu quarto.

— Só preciso cuidar de algo...

Meu laptop está aberto na escrivaninha com o iPod plugado, mas eu sempre o deixo fechado. Toco no *touchpad* e desabo na cadeira, mas demora um tempo até ele acordar do modo "hibernar". Começo a ficar impaciente, mas então a tela da senha aparece. Preciso de três tentativas para digitar a senha que tenho há cinco anos, *Truta Arco-Íris*. Mas a tela não muda, a não ser para dizer SENHA INVÁLIDA. Cerro os dentes e a digito novamente, mas ainda não funciona. Cravo os dedos nas coxas e seguro um gemido... Mas então resolvo tentar a senha de Viv, *ÚnicadasÚnicas*.

O navegador aparece, com minha página do Facebook ainda aberta.

— O que você está fazendo? — Nina aparece atrás de mim, fazendo-me saltar. — Você ao menos ouviu o que eu disse?

Contorço-me na cadeira, mas com a tela aberta, nós dois podemos ver a nova mensagem escrita no meu mural:

Te amo para sempre.

Os pelos do meu braço arrepiam-se. Olho para Nina. Ela está de boca aberta.

— O que *é* isso?

Entro na conta de Viv e apago a mensagem rapidamente. Enquanto estava ali, ela mudou as nossas fotos do perfil para uma foto que tirou há meses com seu celular. É uma foto da gente se beijando dentro do carro dela. Ela não tinha como saber o quanto eu odeio a imagem, porque me lembra de como ela morreu. Eu rapidamente as apago também, deixando silhuetas vazias em ambas as fotos de nossos perfis.

— Alguém viu isso? — pergunta Nina.

— Só o Mike... eu acho. — Eu excluí todo mundo, com exceção de Mike e Viv, há dois anos.

Nina bate a porta do meu quarto.

— Um já é muito! Você ouviu o que eu disse sobre Logan? Viv não pode existir aqui, Cam, isso tem que parar...

— Eu sei, tá? — Levanto-me e caminho pelo quarto. — Deixe-me lidar com isso... eu vou conversar com ela.

— Você acha que consegue *conversar* com ela? Você está louco?

— Ela vai me ouvir...

— E Logan? — pergunta ela. — Viv não é a única que está pisando na bola.

Esfrego a mão sobre o rosto.

— Isso não vai acontecer novamente.

— E se acontecer, o que se faz?

— Apenas... Pare! — Minha voz falha.

O quarto fica em silêncio, exceto pelo zumbido do processador do computador. Nina não diz nada por um tempo, e eu fico esperando que ela simplesmente vá embora, mas então ela se move na minha direção. Coloca as mãos em meus braços e olha para meu rosto.

— Eu sei que foi difícil... quando ela morreu. Mas se você deixá-la agora, vocês simplesmente estarão em lugares diferentes. Não tem que ser como a... morte.

Ela está tão perto que eu consigo sentir o cheiro de alguma coisa, como pêssegos no cabelo. Ela desliza as mãos para baixo até encontrar as minhas e vira o rosto para cima. Seus olhos são claros, e a forma como ela está se inclinando para mim... Eu me afasto e deixo as mãos dela caírem.

— Eu não vou abandonar Viv, Nina. — Ela recua e apoia-se contra a parede perto da janela.

Afundo de volta na cadeira e seguro a barra da camisa. Não tenho certeza se é por causa das aulas de Educação Física, pelo estresse do Facebook durante o dia todo, ou por não ter dormido nada... Mas estou exausto. Apoio o rosto nas mãos.

— Eu não me sinto tão cansado desde a noite em que ela morreu.

Nina senta-se na cama e inclina-se para mim.

— Não deixe ela te pressionar.

Eu engulo em seco.

— Eu não... Ela não está me pressionando.

— Você sabe que não é verdade.

Pego o iPod e começo a percorrer a lista músicas. Há uma nova *playlist* chamada "Vibes à la Viv", repleta de suas canções-chiclete de amor favoritas.

— Você consegue sobreviver sem ela, Cam... Você *conseguiu*... e ela também.

Olho para ela. Talvez Viv e eu tivéssemos sobrevivido, mas se eu perguntasse, acho que ela concordaria: nenhum de nós estava realmente vivendo. Não consigo mais ouvir os discursos de Nina sobre *a vida continua.*

— Tudo bem, olha, nós vamos ter mais cuidado — digo.

Ela agarra minhas almofadas ao seu lado e balança a cabeça.

— Até a próxima vez, certo?

Conecto o iPod nos alto-falantes e aperto play. O quarto se enche com música pop estridente. A porta do meu quarto se abre.

— Achei que você estivesse aqui, querido. Cheguei em casa cedo para... — Minha mãe para.

— Sra. Pike... — Nina dá um salto e recolhe-se. — Quero dizer, você deve ser... a Sra. Pike.

Mamãe pisca para Nina e lança seu olhar de questionamento para mim. Eu desligo a música.

— Tchau, Nina — digo. — Pena que você tem que ir.

Nina vai em direção à porta, mas minha mãe a segura.

— Não, espere... — Ela está com um sorriso estranho no rosto. — Nina? Cam não traz muitos amigos aqui. Gostaria de ficar para o jantar?

Nina lança um olhar mortal para mim, como se tudo que acontecesse de errado no universo neste minuto fosse culpa minha.

Olho para mamãe.

— Você? Cozinhando o jantar?

O rosto dela ganha um tom cor-de-rosa.

— Achei que seria uma boa ideia pedir comida chinesa em casa.

— Obrigada, Sra. Pike... mas preciso ir para casa cuidar do meu irmão. — Nina desliza por minha mãe e sorri. — Adorei o que você fez com a casa... — Ela para abruptamente. — Então... avise se precisar de ajuda... com aquele dever de casa de trigonometria, Cam.

Nina sai antes que qualquer um consiga dizer mais uma palavra. Mamãe pisca para mim, confusa, mas depois me dá um sorriso grande e encorajador e desaparece, cantarolando pelo corredor.

VINTE E CINCO

QUANDO PASSO PELA LUZ VERDE DESTA VEZ, VIV ESTÁ NA ESQUINA esperando por mim. Quase fico entalado no espaço estreito quando a vejo sentada sobre uma pedra com sua jaqueta de futebol dos Rams amarrada na cintura.

— Ei, linda — digo, cumprimentando-a com um beijo. — Não disse que viria buscá-la?

— Pensei que poderíamos ir para o seu lado esta noite... Eu não queria perder você, caso resolvesse parar em algum outro lugar no caminho.

Reviro por dentro e penso no que Nina disse, mas Viv não está me pressionando — ela está apenas confusa. E quem pode culpá-la, depois de ontem à noite? Tudo de que ela precisa é um pouco de segurança.

Levanto minhas sobrancelhas.

— Não estou planejando ver Nina esta noite.

Ela me lança um olhar severo. Depois dá um sorriso, coloca os braços em volta do meu pescoço e ri.

— Senti tanta saudade de você desde ontem!

Eu sorrio, aliviado.

— Sua *playlist* ficou fofa.

— Você percebeu?

— E a mensagem no Facebook... — Fico tenso ao pensar nisso novamente. Recuo e seguro os ombros dela, mantendo a distância de um braço e tentando fazer meu olhar mais sério. — Viv, você não pode fazer coisas desse tipo... Se alguém viu aquilo, vai pensar que fui *eu* que fiz.

— Mas você me ama *mesmo* para sempre, não é? — pergunta ela, correndo o dedo ao longo da minha mandíbula.

Eu cedo, puxando-a para perto, e toco levemente seus lábios carnudos com os meus.

— Só não faça isso novamente.

Ela sussurra em meu ouvido.

— Eu amei ser um de seus *poucos* amigos no Facebook.

Sinto uma pontada com as palavras dela, o que é idiota. Viv e eu apagamos todo mundo das nossas listas de amigos de propósito. Era mais do que apenas simbólico; assim líamos menos besteiras de todas as pessoas que ainda se intitulavam Rams. Mas eu penso nela nos braços de sua estrela do futebol e imagino quantos amigos no Facebook *ela* juntara. Seguro a mão dela e lembro a mim mesmo que *eu* sou o Cam dela agora. Ela ainda tem tudo o que quer... Não tem?

— De qualquer forma, você não pode me criticar. — Ela me puxa em direção ao poste, começa a procurar a luz verde no ar e olha por sobre o ombro. — Eu ouvi que você assombrou Logan ontem à noite.

Eu a puxo de volta. Meu estômago revira.

Ela sorri e se endireita.

— Ele estava contando para quem quisesse ouvir "Eu vi o fantasma de Pike na rua!". Você deveria ter visto a expressão dele! Mike ficou tão chateado. Eu tive que correr para o banheiro para que ninguém me visse morrendo de rir!

Pressiono as palmas contra os olhos.

— Eu não estava pensando... aquilo foi tão idiota.

— Talvez assim ele me deixe em paz por um tempo.

— O quê?

Ela arqueia a sobrancelha.

— Parece que ele está pensando que alguém o autorizou a colocar as mãos em mim ultimamente.

Minha visão fica vermelha ao pensar em Logan fazendo *qualquer coisa* com Viv.

Ela morde o lábio.

— Sem você por perto, ele não vai aceitar um não como resposta.

— Vamos encontrá-lo. — Eu fecho os punhos. — Esse babaca vai ver. — Preparo-me para sair correndo, mas é como se eu pudesse ouvir a voz de Nina me alertando sobre agir feito um idiota. Deixo as mãos caírem e olho ao redor. — Mas se eu for descoberto... Não poderei mais vir aqui.

Viv sorri.

— Então vamos para o seu lado.

Minha cabeça começa a latejar. Isso de novo. Fico horrorizado por estar sentindo uma pontada de irritação, mas ela cismou com essa ideia de que meu mundo é melhor de algum modo. Isso não faz nenhum sentido.

— Não se você continuar invadindo minha casa e postando coisas que todo mundo que está *lá* vai ver.

— Foi você que foi descoberto — diz ela.

— Mas eu não estava tentando chamar a atenção de Logan!

— Ninguém me viu. — Ela sorri presunçosamente.

Eu olho nos olhos dela.

— Mike viu.

— Que se dane o Mike — zomba.

A pontada no meu cérebro começa a virar dor de cabeça.

— Por que você quer tanto ir para o meu lado, de qualquer forma?

— Eu apenas gosto mais de lá — diz ela, puxando-me de volta para o poste e tateando o ar.

— Mas por quê?

— As coisas são menos complicadas lá. — Ela mantém a mão verde transparente diante de si e me olha com seriedade. — Também... porque acho que estou com ciúmes.

Sem dizer outra palavra, ela entra no verde e desaparece. Movo meus lábios silenciosamente. Tudo que posso fazer é segui-la, agachando-me através do ar eletrificado até nós dois estarmos expirando energia de volta ao meu lado.

— O que há lá para ter ciúmes? — pergunto depois de recuperar o fôlego.

— Não é nada, esqueça.

— Isso obviamente importa para você — falo. — Diga!

Ela se aproxima para me beijar, mas coloco a mão na frente. Ela franze a testa.

— Eu sinto que você me amava mais aqui. Acho que estou com ciúmes de... mim mesma.

Toda confiança que eu tinha silencia em meus lábios. Tomo fôlego, mas não sei o que dizer. Levo um longo minuto para minha mente entender a ideia.

Viv está com ciúmes do quanto eu amava... Viv?

Começamos a caminhar novamente pela calçada, em direção ao campo de atletismo.

— Era difícil estar com a estrela do futebol da escola — diz ela. — Eu te amava muito, mas você era *tão* grande... Às vezes eu sentia que não sobrava muito de você para mim.

— Mas se ele era igual a mim... como poderia te amar *menos*?

— Tenho certeza de que não me amava menos — sussurra ela. — Mas o que eu, *ela*, tinha aqui... Você era dedicado a ela, ela teve você só para ela.

Olho através da cerca de arame ao redor da grama fria e escura. Pensei que ela estivesse preocupada com Nina, mas ela deseja o que sua versão morta possuía?

Nosso ritmo diminui enquanto tento processar a informação. Como pode uma pessoa ter ciúmes de... si mesma? Olho para o gol branco fixado como uma sentinela sobre a *end zone* e, de repente, compreendo. Eu sei exatamente como ela se sente porque também venho tentando competir com o outro *eu*.

Seguro a mão dela e a puxo por um portão, para o campo de atletismo vazio.

— Venha aqui.

— Para aonde estamos indo? — Ela ri nervosamente, mas pula ao meu lado.

Cruzamos a linha de 50 jardas e mesmo agora sinto-me atraído para o banco dos jogadores, mas continuo indo. Há ervas daninhas crescendo no degrau mais baixo das arquibancadas de madeira frágil e de metal. Alguns dos assentos estão obstruídos por uma bancada de locução velha que ninguém usa mais, exceto para subir e ficar alto. Continuo subindo as arquibancadas. No topo, encontramos uma visão perfeita do campo e um trecho do campus. Está escuro e frio, mas aqui em cima existe privacidade.

Viv treme.

— Por que você quis vir aqui em cima?

Eu a puxo para meus braços, encostando-me contra a grade.

— Para ter você só para mim.

Ela se torce no meu colo até estar com uma perna envolvida em torno de mim, pressionando o quadril contra o meu, e eu preciso de toda a minha força para responder somente com um gemido.

O campo fica completamente diferente daqui. Estou acostumado a estar *lá*, não aqui em cima. Olho para as marcações visíveis na grama escura e tento imaginar meu último jogo como se estivesse sendo assistido por alguém nesse lugar. É difícil separar-me da ação, ver uma pequena bola voando em meus braços — um pequeno eu tão empenhado em ganhar que não enxergo o que está por vir. Os dedos congelados de Viv entram debaixo de minha camisa. Um arrepio percorre meu corpo, mas eu a deixo aquecê-los ali.

— Em que você está pensando? — pergunta ela.

— Estou tentando me lembrar de como era ser ele... antes da minha perna.

— Hum — Ela aconchega-se na gola aberta da minha jaqueta. — *Treino, treino, treino...* E depois da perna quebrada *fisioterapia, musculação, treino...*

Eu a aperto.

— Aposto que foi mais tipo *Viv, treino, Viv, Viv, treino, Viv...*

Inclino-me para um beijo, mas ela empurra meu rosto, brincando.

— Não foi.

— Bem, se eu fosse ele, eu teria...

— Você *é* ele. — Ela sorri torto.

— Eu me pergunto como nossas vidas ficaram tão diferentes...

Ela olha para mim.

— Porque *você* fez tudo certo.

Jogo minha cabeça para trás e rio.

— Eu fiz tudo errado! Eu poderia ter me esforçado para jogar... Assim a escola inteira não estaria ressentida comigo...

— O que você escolheu em vez disso? — pergunta Viv, olhando no fundo dos meus olhos.

— Eu... escolhi você. — Eu percebo que é verdade assim que as palavras saem de minha boca. *Quem precisa deles quando temos um ao outro?* Eu não achava que precisasse de mais nada até a noite em que ela morreu.

Ela franze o cenho, e está com uma tristeza tão profunda nos olhos que eu mal posso suportar.

— Eu sou tão ruim assim? — pergunta ela.

Envolvo meus braços ao redor dela e ela inclina-se, os cachos escuros derramando-se em torno do rosto. Seus lábios estão quentes, apesar da noite fria.

— Você é tudo — digo.

Ela senta e funga.

— Por favor, deixe-me ficar aqui... para sempre?

— Sério, Viv... — Trilho meu dedo pelo nariz perfeito dela. — O que há de tão complicado na sua vida?

Ela hesita e olha para o próprio colo.

— Todo mundo quer me julgar. Eu só quero ficar longe de tudo... com *você*.

Levanto o queixo dela e olho em seus olhos.

— Eu te disse, nós vamos descobrir um jeito. Você não pode ficar por aqui... mas eu não vou a lugar algum.

Ela me observa por um longo segundo, mas, em seguida, parece desapontada e desliza para fora do meu colo.

— A não ser para a casa de Nina.

Sento-me imóvel enquanto o calor que nossos corpos juntos tinham produzido vai embora lentamente. Eu estava preparado para algo assim mais cedo, mas agora seu tom de voz me pega completamente desprevenido.

— Poxa, Viv, eu te disse que eu não ia...

— Como vou saber?

— Você ainda está preocupada por causa do lance da obsessão? Porque eu não acho...

Ela tira a mão do meu alcance.

— Eu não estou!

— Mas ela tentou me ajudar hoje...

— Ela *o quê*?

Percebo o que disse tarde demais. Viv cruza os braços firmemente.

— Eu não fui até ela... Ela veio me ver. — Respiro fundo, tentando me acalmar. — Vamos ser razoáveis.

Ela salta para o banco de madeira de cima antes que eu possa piscar.

— Você não a conhece, você não sabe o que ela fez. Ela tentou tirar você de mim...

— Viv, desce. — Levanto-me rapidamente. — Você vai cair.

As arquibancadas são antigas. Não há encosto nos bancos, apenas uma barra de metal baixa para impedir que as pessoas *sentadas* caiam de costas. Os olhos de Viv estão ferozes como os de um animal. Eu nunca a vi agir dessa maneira. Ela estende os braços como se estivesse em uma trave de equilíbrio e oscila para um lado. Meus olhos encaram o chão a cinco metros de profundidade, coberto por cacos de vidro.

Viv segue o meu olhar, inclinando-se para a frente o suficiente para deixar meu coração em pânico. Sua expressão é triste e fantasmagórica. Uma brisa joga o cabelo descontroladamente no rosto dela e eu tenho este pensamento estranho de que se ela simplesmente o prendesse para trás, seria capaz de ver que o que está fazendo e que o jeito como está falando está totalmente errado. Mas logo depois ela o prende para trás e isso não acontece.

— Eu me pergunto se doeu... quando morri. — Ela coloca o punho fechado junto ao peito e o sacode. — Eu não acho que doeria assim.

Minha pele formiga com o suor, mas o ar não está mais tão frio. Levanto minhas mãos, meus batimentos cardíacos fora de controle.

— *Tudo bem*! Eu não vou mais ver Nina, nunca mais, por favor, desça!

Viv olha no meu olho e sorri. Ela movimenta-se para descer, mas perde o equilíbrio ou muda de ideia no último segundo. Eu grito. Não sei se ela está indo para trás ou para a frente. Tudo que posso ver são seus olhos e ela caindo e — *estamos no banco da frente, ela está pegando o isqueiro e o carro está girando e girando pela calçada, e tudo o que posso fazer é fechar os olhos e* — eu pulo e agarro sua jaqueta dos Red Rams, puxando-a para meus braços. Nós desmoronamos no corredor das frágeis arquibancadas e eu a abraço com tanta força que nenhum de nós consegue respirar.

— Só estava checando — suspira.

Eu afrouxo meu abraço, mas não a solto.

VINTE E SEIS

COLOCO VIV ACONCHEGADA NA CAMA, EM SEGURANÇA, À MEIA-NOITE, com a promessa de buscá-la às nove da noite do dia seguinte. Abaixo a janela atrás de mim e caminho lentamente para a rua. Assim que meus pés tocam o asfalto, deixo escapar um longo suspiro que nem mesmo sabia estar segurando. Sinto-me vazio, instável — completamente esgotado. A noite fica passando na minha mente, mas cada vez que chego a Viv — *minha* Viv — em pé no topo daquelas arquibancadas, fico mais confuso. Preciso ir diretamente para casa, para a cama, se quiser valer alguma coisa amanhã, mas, em vez disso, viro à direita no final da rua. Chego na Genesee Street em dez minutos e levo mais cinco para estar no último lugar onde deveria estar. Em frente à porta de Nina.

Olho por cima do ombro antes de tocar a campainha, o que me faz sentir idiota e paranoico e não me tranquiliza. Viv estava tão chateada hoje à noite — tem que haver alguma coisa que não estou sabendo. E Nina é a única pessoa que conheço para perguntar. Digo a mim que não tem problema estar ali, contanto que seja por *nós*. Se eu conseguir descobrir qual é o problema, posso corrigi-lo, e Viv será feliz.

Nina está vestindo pijamas hoje à noite, embora seus olhos me digam que ela não estava dormindo. A calça cinza larga tem pequenos pinguins e a blusa rendada azul justa parece não combinar. Não é o que eu esperava, e agora estou confuso. Eu estava pronto para lhe perguntar sobre Viv, para tentar obter algumas dicas sobre o que aconteceu esta noite, mas meus pensamentos dispersam quando a vejo e eu me acovardo.

— Como está Owen? — pergunto. — Ele está bem?

— Ele está bem... dormindo. — Ela hesita, observando-me por um longo instante, e eu tenho certeza de que ela consegue enxergar através do olhar *está tudo bem* que estou tentando manter no rosto. — Você quer tomar um chá?

Uma parte de mim que estava tensa durante toda a noite finalmente se atreve a relaxar. Chá. Sem drama ou demandas, apenas Nina e sua porta aberta.

Na cozinha, giro em uma das cadeiras amarelas esquisitas da era espacial e Nina enche a chaleira. Ela descansa o quadril nos armários enquanto a água corre, desviando o olhar. Eu observo com cuidado. Ela pega duas canecas, escolhe o chá e coloca o açúcar, tudo sem lançar sequer um olhar para mim. Ela não faz perguntas, e não parece nem um pouco chocada por eu estar lá.

Preciso sentar sobre minhas mãos trêmulas.

— Eu quis vir mais cedo... Para ver se está tudo bem com Owen.

Ela dá de ombros.

Eu vacilo. Não há nenhuma razão para eu me incomodar, mas a maneira como ela me ignora, como se não se importasse, me dá nos nervos. Vejo a chama azul piscar no fogão até a chaleira assobiar. Nina joga água fervendo nas duas canecas, deixa a infusão agir e acrescenta duas colheres de açúcar na minha, sem nem mesmo parar para perguntar se é o que desejo. Sorrio, percebendo que ela já sabe exatamente o jeito que gosto.

— Obrigado — digo, segurando a caneca em uma das mãos.

— Minha mãe costumava dizer que não existe problema tão grande que não possa ser atenuado por uma boa xícara de chá. — Ela sorri e dá de ombros. — Você provavelmente já ouviu isso antes.

— Eu não — digo. Mas quando ela disse aquilo, quase torceu o nariz.

— Ela era inglesa — diz ela. — Um dia vou à pequena aldeia de onde ela veio. Eu quero viver no campo inglês, ler livros e convidar as pessoas para uma boa xícara de chá. — Ela para assim que sua voz fica sonhadora. — Desculpe.

— Não, não pare, soa tão bom.

Ela me olha de um jeito engraçado.

— Às vezes sinto que estou me repetindo.

Tento imaginá-la vivendo em uma pequena cabana em algum lugar, mas não tenho certeza do que mais incluir na imagem de Nina sendo feliz.

— Como você gastaria suas tardes no campo da Inglaterra? — pergunto, lembrando-me dos cartazes no armário dela. — Assistindo a filmes de terror antigos ou o quê?

Ela olha por cima de seu chá sem levantar a cabeça.

— Vi sua coleção — digo sem muita convicção. — Você tem bom gosto.

— Você... *ele* que me deu aqueles pôsteres. — Ela sorri para mim, hesitante. — Nós costumávamos fazer isso... Assistir a um novo filme de terror toda semana. Se gostássemos, ele corria atrás do cartaz. Eu tenho uma cultura vasta em jorros de sangue e zumbis.

Levanto minhas sobrancelhas.

— É preciso conhecer seus zumbis. Mas por que não pendurar os cartazes?

— Eu costumava tê-los por toda parte — diz, o sorriso lhe fugindo dos lábios.

Penso nas paredes vazias.

— Sem ofensa, mas seu quarto é muito mais assustador sem eles.

Ela bufa, mas o bufar se transforma em uma risadinha.

— Foi por isso que ele os comprou. — Suas bochechas ficam rosadas quando ela não consegue se conter, e o riso vai até os olhos. Ela fica bonita assim.

Nenhum de nós diz nada por um tempo. Ela pega leite na geladeira e o mistura em sua caneca com um sorriso persistente. Acomodo-me em minha cadeira. Eu estava certo em vir. Meus problemas podem não desaparecer com chá, mas estar com Nina faz eu me sentir melhor de alguma forma.

Minha memória me relembra a razão pela qual vim e sento-me mais para a frente, tenso. O momento já passou.

— Por que você e Viv não gostam uma da outra? — pergunto.

Nina arregala os olhos, mas hesita antes de falar.

— Por que você está me perguntando isso? Ela disse alguma coisa?

— Não, é só que... Parece que vocês não se gostam. — digo.

A colher tilinta alto nas bordas, girando e girando. Eu queria que ela parasse. Não consigo pensar. O tronco dela está reto, como se estivesse pronta para pular, mas ela olha para seu chá com leite, e não para mim.

Reúno a coragem para dizer o que vim perguntar.

— Viv já pareceu um pouco... exagerada para você?

A colher de Nina cai na mesa, fazendo um ruído, mas ela a pega de volta.

— Acho que poderia dizer que sim.

Espero ela continuar, mas ela só fica parada, segurando precariamente a colher sobre a caneca. Não consigo tirar da mente a imagem de Viv oscilando na arquibancada com os olhos arregalados.

— Ela fica meio inconsequente, às vezes — digo.

— Hum, ela não era assim...?

— Antes de morrer? Sim, mas não é a mesma coisa. — Penso sobre isso, tentando descobrir o que poderia ser. — Ela sempre foi um pouco, mas era de uma forma divertida. Isso é diferente.

— Como? — As feições da Nina são uma máscara para mim... e isso é tão irritante. O rosto de Viv exprime tudo que ela sente. Pelo menos sei o que está acontecendo a ela, mesmo quando não entendo o porquê. Eu sei que Nina jamais vai admitir o que realmente pensa de Viv, mas seria bom se eu pudesse descobrir o que ela acha. Eu a analiso de perto, mas ela nem sequer se encolhe.

— Eu pensei que ela fosse machucar a si mesma hoje à noite.

Ela olha.

— Machucar... a si mesma?

— Eu não sabia o que fazer, Nina. Viv, *minha Viv*, nunca teria agido assim.

Dizer isso em voz alta me faz querer vomitar.

— O que ela fez? — pergunta ela com firmeza.

Balanço a mão e descanso o cotovelo na mesa.

— Não importa. Ela está bem. Olha, eu só preciso saber: tem alguma coisa acontecendo entre vocês duas?

Ela semicerra os olhos.

— Por que haveria?

— Não me pergunte, eu acabei de chegar aqui! — Aliso meu cabelo com a mão. — Só me diga o que você fez para irritá-la. É como se ela conseguisse ler minha mente mesmo quando estou *pensando* em você.

Nina engole em seco.

— Ela nunca foi fã da nossa... amizade.

Cerro os dentes e passo a cena da arquibancada na minha cabeça: Viv surtando por causa de Nina, eu correndo para segurá-la, o olhar desesperado em seus olhos. Todos os nervos do meu corpo se esforçando para que ela não caísse. Meus olhos se fecham. Se eu abri-los, estarei de volta lá no escuro com ela — nas arquibancadas, ou no carro — o céu escuro e pronto para nos engolir novamente. Tudo que consigo ouvir é minha própria respiração rasa, abafando o sangue que pulsa nas minhas orelhas.

— Cam?

Uma mão quente envolve a minha. Eu levo um susto e abro os olhos. A cozinha de Nina é reluzente e confortável. Seus olhos estão interrogativos. Eu abro os punhos e ela dá um mísero sorriso. Alguma coisa me provoca uma pontada de dor no peito.

Ela franze a testa.

— Viv está meio desequilibrada...

Esfrego os olhos e rio.

— Não estamos todos?

— Não é o que quero dizer.

— Eu sei, eu também não consigo explicar. — Expiro, sentindo-me idiota. Mas a pontada no peito não vai embora. Coloco minha mão ao lado da de Nina outra vez, sem encostar completamente. — Às vezes não sei ao certo o que ela vai fazer em seguida.

— Eu entendo — diz ela.

— É diferente com você.

As bochechas dela ruborizam, mas ela não se afasta. Ela desliza a mão para cima da minha de novo, seus olhos castanhos mirando os meus sem parar. Sinto aquela *pontada* em meu peito de novo, só que dessa vez fico chocado porque reconheço a sensação. Minha respiração fica limitada — essa é Nina —, está tudo errado. Começo a me afastar, mas o toque dela é tão suave, tão tranquilo, e então eu me lembro... Ela é minha *melhor amiga*. Faço uma pausa. Eu não poderia ter um lugar especial para ela, além do de Viv? Começo a me perguntar se era assim que o outro eu se sentia.

Até que ela acaba com a distância entre nós e pressiona a boca na minha.

Meus lábios abrem-se automaticamente, meus olhos fecham-se e, por um momento, tudo faz sentido. Eu me inclino em direção a ela — mesmo quando meu cérebro se atualiza e meus olhos se abrem. A outra mão dela repousa na minha bochecha e seus olhos estão espremidos para prolongar o momento. Empurro minha cadeira para trás com força.

Ela tropeça, o rosto bem vermelho. Levanto-me abruptamente, derrubando a cadeira.

— Des... Desculpe — diz ela.

— Não.

— Cam... Eu...

— Pare! — Eu me afasto. Não consigo olhar para ela, não consigo nem mesmo pensar. Nós estávamos falando sobre *Viv* e então ela... O que eu fiz? Ainda sinto o gosto dos lábios dela nos meus. Limpo minha boca com a manga. — Você nunca ia me contar que Viv estava viva, ia? Ela tentou me avisar... você *está* obcecada...

— O quê? — O rosto dela fica branco. — Ela disse que eu...

Estou a meio caminho da porta da frente, mas ela está logo atrás de mim.

— Cam... *Cam*!

Viro-me para ela.

— Olha, eu não sei que droga de relacionamento você queria com meu outro eu, mas você não é parte da minha vida... Viv é.

Nina recua, como se eu tivesse batido nela.

— Cam, por favor... — sussurra.

— Pare! Quaisquer que sejam as fantasias doentes que você ainda tenha com ele, guarde-as para si!

Abro a porta com tanta força que ela se choca contra a parede.

— Mas você está certo sobre Viv... ela é perigosa. — Nina sai na varanda e grita atrás de mim. — Não é tarde demais, você ainda pode fugir. *Ele* teria acreditado em mim...

A voz dela desaparece ao longe enquanto adentro ferozmente na noite.

VINTE E SETE

EU TENHO AQUELE SONHO IDIOTA DE NOVO. TUDO É IGUAL — O ACIDENte, o fogo — só que desta vez, Viv e eu estamos ao lado dele, juntos. Ela olha para o acidente, claramente horrorizada, mas depois se vira para mim e seu medo se funde a um sorriso. Abro os braços, mas de repente estou abraçando Nina. Viv a vê, tropeça e cai, assim como aconteceu nas arquibancadas. Empurro Nina para o lado e mergulho para pegar Viv, mas então estou pegando o ar — e *estou* caindo na escuridão.

Sozinho.

Acordo suando, com o coração batendo intensamente. Mal consigo me mexer. Sinto-me como se um jogador da linha ofensiva estivesse sentado no meu peito. O sonho volta à minha mente outra vez e eu tenho que voltar às minhas lembranças da noite anterior para ter certeza de que deixei Viv deitada em segurança na cama. Sento-me e olho para o relógio: 3h26. Enxugo o rosto com o lençol e então me lembro do beijo de Nina. Caio de volta no travesseiro. Se houvesse um jeito de fazer com que isso nunca tivesse acontecido, ou pelo menos fazer "desacontecer", ou mesmo de que eu tivesse recuado e me afastado mais rápido. Escovei os dentes e gargarejei assim que cheguei em casa, mas esfrego a mão sobre minha boca novamente, como se ainda pudesse haver algum tipo de evidência... Alguma coisa que Viv possa ver.

Sento-me e afasto as cobertas. Minha cama está quente e sufocante, então abro a janela acima de mim. O ar gelado cai sobre mim para dentro do quarto, clareando minha cabeça. Ela nunca saberá o que aconteceu; como poderia? A não ser que Nina ou eu contemos a ela, e Nina não faria isso. Fecho o punho, pensando nos lábios dela sobre os meus — Viv não precisa saber disso nunca, e muito menos me perdoaria por isso.

Olho para a escuridão, confiante por um momento antes de me debruçar contra o peitoril. Talvez ela devesse saber. Viv e eu nunca guardamos segredos um do outro, então por que eu iria começar agora? Nina *me* beijou — eu não fiz nada de errado. Eu deveria ter escutado quando Viv me alertou sobre ela. Se eu contar o que aconteceu, ela vai ter que entender... Ela não pode ficar chateada comigo por algo que não fiz.

Eu me arrepio e fecho a janela, mergulhando de volta na cama. O quarto está frio demais agora. Envolvo-me nos cobertores e puxo um travesseiro sobre a cabeça, tentando decidir o que fazer — mentir ou contar a verdade?

Atravesso rapidamente a luz verde, batendo o braço em sua borda ilusória. O impacto é reforçado pela vibração elétrica, mas não tenho tempo para pensar nisso. Eu nunca deveria ter me prolongado na cama naquela tarde, por mais que tivesse dormido pouco. A boa notícia é que acordei sabendo que *tenho* que contar para Viv o que Nina fez ontem à noite. Sinto-me mal diante da possibilidade de explicar exatamente o que aconteceu e tenho medo do que ela vai fazer, mas eu não poderia conviver com a mentira. Eu quero que ela saiba que estava certa — eu nunca deveria ter duvidado dela. A má notícia é que tenho cinco minutos para chegar à casa de Viv, que fica a dez minutos correndo daqui.

Eu não percebo o carro descendo a rua até ele parar ao meu lado.

— Ei, gato, precisa de uma carona? — grita Viv.

Fico surpreso, não consigo evitar. A última vez que vi Viv no seu carrinho azul de duas portas ele estava enrolado em um poste. Examino-o, tão cheio de amassados como sempre foi, mas as janelas dianteiras estão abaixadas, não quebradas. Consigo encontrar minha voz.

— Desculpe... Estou atrasado. Eu... tive que ajudar minha mãe.

Mordo minha bochecha. O *que* há de errado comigo? Levei um dia inteiro para decidir lhe contar a verdade e a primeira coisa que faço é mentir bem na cara dela?

— Bem... — Ela sorri. — Se isso acontecer novamente, talvez eu tenha que puni-lo.

Fico arrepiado e um pouco aliviado. Pode ser bom contar uma mentirinha em troca de uma grande verdade. Ela não sabe que fui à casa de Nina ou o que aconteceu lá — ainda. O carro roda em marcha lenta, como se estivesse cerrando os dentes.

Viv tosse.

— Você vai entrar ou devo esperar até você esticar o polegar?

Abro a porta, lutando contra as lembranças da última vez que realizei essa simples ação. A última vez. Ela tira algumas coisas do banco e eu me sento, mas reluto em recostar. O carro parece um caixão.

— Cigarro? — pergunta.

Ela está com um equilibrado entre os lábios e um isqueiro Bic vermelho na mão. Por um segundo vejo meu velho Zippo de prata, meu *déjà vu* chega ao seu apogeu, e eu arranco ambos dela e os jogo pela janela.

— Ei! Que diabos foi isso?

— Eu...

Minha garganta queima como se eu tivesse acabado de fumar um maço inteiro.

— Você não vai ficar todo chato de novo com aquele papo de que atletas não fumam, não é? *Você* não é mais um atleta!

Quero protestar, mas a ferroada no tom de voz dela me impede de falar. Eu já estraguei tudo uma vez.

Os olhos dela se movem na minha direção e ela hesita. Estou usando as mesmas roupas do dia anterior e não me barbeei.

— Você está horrível, Cam. O que há de errado com você esta noite?

— Podemos ir para algum lugar... Para conversar? — pergunto.

Os dedos de Viv apertam o volante.

— Sobre o quê? Podemos conversar aqui.

Olho pela janela, para a esquina onde *eu* morri.

— Vamos para algum lugar com menos tráfego. Quero que fiquemos sozinhos.

Ela arqueia uma sobrancelha e engata a marcha do carro.

— Bem, quando você fala assim, sei *exatamente* para onde devemos ir.

Nós rodamos pelas ruas atrás da escola por um tempo, com o carro guinchando pelas esquinas, seguindo morro acima. Deslizo o cinto de segurança pelo colo e tento não mostrar que estou segurando a maçaneta da porta com a mão suada. Mexo no rádio usando minha mão livre. Há apenas uma colina em torno de Fayetteville. Sei exatamente para onde estamos indo.

— A torre de água?

— Pelo velhos tempos — diz ela, e contrai os lábios.

Quanto mais alto vamos, menos casas há na região e mais esparsamente estão as árvores cheias de folhas. Não é nenhuma montanha nem nada, mas acho que ninguém quer morar tão perto de um tanque feio e gigante coberto por pichações. Principalmente quando é o melhor local para pegação em quilômetros.

Costumávamos vir toda vez que vencíamos um jogo, e vencíamos muito no segundo ano. Há apenas mais um carro quando chegamos ao lote de terra no topo, mas está escuro e parece vazio ou abandonado. Viv para bem longe, perto da beira do lote, de onde podemos ver as luzes de Fayetteville lá embaixo. Eu nunca passei muito tempo admirando a vista deste lugar, na verdade. É lindo.

— Esqueci como era vir até aqui com você — digo.

— É, eu também. — Viv puxa o freio de mão. Ela procura pelo cigarro, depois desiste e desliga a ignição.

Eu entrego o maço para ela.

— Você pode fumar... Eu não devia ter feito aquilo.

— Eu não quero agora. — Ela batuca os dedos no volante.

Eu sei que ela está esperando que eu diga sobre o que desejo conversar, mas não consigo. Olho para fora em direção às estrelas sobre a cidade.

— Você já se perguntou se *eles* estão juntos? — pergunto.

Ela para de batucar e olha para mim.

— Quem?

— Nossos outros... eus? Assim, se os dois estão mortos e nós estamos vivos, você acha que eles conseguem ficar juntos também?

Ela inclina a cabeça e segue meu olhar em direção ao céu.

— Não.

— Sério? Você acha que eles estão sozinhos... Ou simplesmente acabou?

— Não, eu não penso sobre isso.

— Ah.

Ela pega minha mão.

— Cam, você *é* ele, só que melhor... Eu não sou o suficiente para você?

Penso por um instante, estudando-lhe o rosto. O sorriso dela evapora.

— Você é como ela de muitas formas...

— Mas?

Hesito, tentando encontrar as palavras certas.

— Mas nada... Você é minha Viv. — Aperto-lhe a mão para fazê-la sentir-se melhor. Ou porque preciso tranquilizá-la? — É por isso que eu queria te contar... Que você estava certa sobre Nina.

Ela olha para mim. Eu olho para meu colo.

— Eu fui vê-la ontem à noite.

Ela se sobressalta.

— Mas você...

— Desculpe... Eu tive que descobrir por conta própria!

Ela sacode a mão para se desvencilhar da minha e cruza os braços. Entro em pânico e tento tocar nela, mas Viv recua o máximo que consegue no banco e começa a desfiar pedaços de sua jaqueta. Vejo o rosto dela começar a franzir, apavorado.

— Foi horrível... você estava certa! — digo às pressas. — Ela é louca, totalmente obcecada. Em um minuto estávamos conversando e no outro... Ela estava tentando me beijar.

Os olhos de Viv ficam coléricos.

— Você a *beijou*?

— Não! Ela me beijou!

— Como você pôde?

— Eu não fiz nada! — As janelas estão embaçadas por causa do calor de nossa respiração, fazendo-me sentir ainda mais enclausurado. — Eu estava tentando *nos* ajudar!

Ouço a mão dela batendo no meu rosto um instante antes de sentir minha pele queimar. Ela alcança a porta, mas eu lhe agarro os ombros.

— Viv, me escute!

Eu não sei o que dizer para consertar isso. Puxo Viv para mim, pressionando minha boca contra a dela, mas seus lábios não reagem. Entrelaço meus dedos nos cabelos dela, prendendo-a no beijo até que eu mal consiga respirar.

Quando recuo, ela olha para mim como se eu estivesse morto.

— Você tem que entender. — Minha voz falha de desespero.

— Não, *você* é que tem — diz ela. Não sobrou nenhuma faísca em seus olhos. — Ele *me* deixou para ficar com *ela*... Eu tentei te dizer isso ontem à noite.

O ar é nocauteado para fora dos meus pulmões. Se meu rosto já não estivesse ardendo, eu poderia pensar que ela me deu um soco no estômago, em vez de no rosto.

— O quê?

Ela fecha os olhos, com uma expressão de dor.

— Isso é ridículo — digo. — Eu nunca...

— *Ele* fez.

Apoio meus cotovelos sobre os joelhos, segurando a cabeça entre as mãos. Tento imaginar um cenário no qual eu poderia ter abandonado Viv — por *qualquer* outra — mas não consigo. O sangue corre para meu rosto. Isso é impossível. Talvez ele e eu tivéssemos vivido de forma diferente, mas ainda éramos a mesma pessoa. É como se ele traísse a nós dois.

— Foi Nina — diz Viv em resposta aos meus pensamentos. — Ela fez alguma coisa com ele, o virou contra mim. — Ela olha para cima, os olhos brilhando. — E então ele morreu. Pensei que tudo estivesse acabado; eu queria morrer também... Mas depois você voltou para mim.

Eu a toco, e desta vez ela não se afasta.

— Eu *não* sou ele.

Nos beijamos até ficarmos sem fôlego. Corro os lábios pelo pescoço de Viv e sinto a pulsação dela batendo firmemente sob a pele. Seus dedos estão frios e entrelaçados magneticamente aos meus. Ela tira meu casaco e eu tiro a camisa dela sobre a cabeça enquanto ela luta com meu cinto. Algo dentro de mim parece vibrar ao toque. Tiro meu suéter e tento me aproximar da pele dela, mas bato o joelho ruim no volante. Afasto-me e mordo minha bochecha até que os pinos e as agulhas parem de ressoar dentro de mim. Quando a dor se dissipa, Viv está reclinada no assento. Ela me observa com curiosidade, pálpebras pesadas e um fio de cabelo enroscado no dedo.

— Cam — diz ela com um sorriso sedutor. — Eu estive pensando. Você e eu nunca...?

Meu rosto fica muito quente; nunca fiquei tão grato pela escuridão da noite. Preciso distanciar o olhar da silhueta delicada e nua de Viv. As coisas já estão bem diferentes para nós, como esse pensamento nunca passou pela minha cabeça?

— Não — minha voz falha e eu limpo a garganta. — Era para lá que estávamos indo. Na noite do acidente.

— Ah...

Aguardo pelo que parece ser um segundo interminável.

— E você?

— Nunca tive a chance. — A voz é baixa, com pesar.

Deixo escapar um longo suspiro, aliviado.

Ela treme e esfrega os braços.

— Você está congelando, não é?

Cavo em volta até encontrar o suéter que estava usando e o coloco sobre a barriga nua dela. Ela o puxa para o nariz e cheira, envolvendo-se em minhas mangas. Mas então se apoia em um cotovelo e faz um beicinho.

— Estou cansada de andar escondida por aí desta forma, apertada no meu carro, tremendo de frio no parquinho. Está irritando...

Dou de ombros, fazendo cócegas nos dedos do pé dela.

— Não podemos correr o risco de sermos vistos... De novo.

Ela sorri, claramente conspirando.

— E se tivéssemos uma casa inteira para nós, uma cama grande, uma lareira acolhedora, e eu pudesse garantir que ninguém jamais iria nos encontrar?

Reclino meu banco e aproximo-me dela o máximo que a marcha do carro permite.

— Eu falaria para você me dizer onde e quando.

Ela sorri.

— Meus pais estarão fora na sexta-feira, a noite toda... Algum colega de trabalho morreu de maneira totalmente inesperada. Era a primeira coisa que eu ia dizer a você.

Ela se senta e meu suéter cai em seu colo. Sua pele está iluminada pelo brilho suave de uma luz montada no alto da torre de água. Estou acostumado aos cabelos dela caindo em torno dos ombros, mas com os cachos alinhados no alto, em torno do queixo, tenho uma visão livre de seu torso seminu. A única coisa entre mim e a elevação macia dos seios é um sutiã de renda muito roxo, muito revelador e muito sexy.

Ela se inclina.

— Venha passar a noite comigo.

Eu me remexo desconfortavelmente, não mais incomodado pelo frio.

— O que há de errado com agora?

Ela passa a mão no meu peito nu, alertando todos os nervos sob minha pele.

— Quero que nossa primeira vez seja especial... Não uma rapidinha no meu banco de trás.

Eu expiro e mordo o lábio, tentando não me concentrar em como ela está linda... no que isso provoca em mim. Parece que passou uma eternidade desde a noite quando isso *deveria* ter acontecido. Nossos olhos se conectam e imagino todas as vezes que isso quase aconteceu. Viv provavelmente enxerga isso na minha cara, porque, mesmo sob a luz fraca, posso dizer que ela está ruborizando. O ar aquece entre nós e seguro a mão dela — talvez seja somente isso de que precisamos. Uma coisa para selar nossa união e apagar todas as dúvidas.

VINTE E OITO

A METADE DE QUINTA-FEIRA FOI OFUSCADA POR UM TURBILHÃO DE rostos vazios, sinais tocando e armários batendo. Fiz teste de trigonometria sem muito empenho e sobrevivi a uma segunda rodada de queimada de manhã. Se eu conseguir escrever uma dissertação antes do quinto tempo de História, terei terminado todas as tarefas da semana, mas minha mente continua pulando para a frente, para sexta à noite.

Quando finalmente vou almoçar, guardo a entrada habitual e pego um caderno e uma caneta. Devo responder à pergunta: *Em* Ethan Frome, *qual é a realização significativa feita por Ethan?* Já havia preenchido cerca de meia página quando um objeto prateado plano desliza pelo chão e bate no meu sapato. Pego o celular e olho em volta, procurando por seu dono, mas a pessoa carrancuda vindo na minha direção com a mão estendida é Logan.

Seguro o telefone.

— Perdeu algo, West?

— Me dá, Pike.

Ele está com raiva. Aposto que posso deixá-lo mais irritado. Lanço o celular no ar.

Logan vacila, surpreso. Ele estica-se, o pega, mas o aparelho escorrega entre seus dedos. Eu o pego novamente antes que atinja o chão.

Fico em pé.

— Mão-furada.

O rosto de Logan fica tão vermelho quanto o do mascote de nossa escola. Estendo o celular para ele. Vários grupos de pessoas estão assistindo agora para ver se vou levar uma surra. Gostaria de saber se *este* Logan surtaria caso se deparasse com Viv, se ele ousaria reivindicar seu "fantasma". O pensamento me relaxa e eu não tenho certeza se ainda quero afundar meu punho na cara dele.

— Que vergonha perder esta temporada sem mim — digo, batendo-lhe no ombro.

Ele fecha os punhos, fica com as narinas dilatadas... mas então Tash aparece ao lado dele e lhe segura uma das mãos. Ele olha para ela, depois de volta para mim, e algo muda em sua postura. Ele enfia o telefone no bolso e, ainda segurando a mão de Tash, afasta-se pelo aglomerado de pessoas reunidas.

Mike vem empurrando pelo meio da multidão que se dispersa.

— Que diabos foi isso?

— Não se preocupe — digo, sentando-me rigidamente no chão, dolorido por causa das vinte flexões feitas naquela manhã. Posso não ser mais um jogador, mas ainda posso ficar bem nos braços de Viv. Mike faz uma cara feia para mim e começa a ir embora. Pego meu caderno, então o largo e corro atrás dele.

— Mike!

Ele se vira. Está mastigando uma barrinha energética.

— Se minha mãe ligar para sua casa sexta à noite... Diga a ela que estou lá.

Ele para de mastigar.

— Você quer que *eu* acoberte você?

— Sim.

— Por que eu deveria fazer isso?

Agora fica claro que ele está chateado. E por que não estaria? Tudo que tenho feito ultimamente é agir feito um idiota com ele.

— Olha, me desculpe — murmuro. — É importante. Eu não pediria se não fosse.

A expressão dele muda.

— Quem é a garota?

— Garota? Não há nenhuma... — E me recomponho. — Sim ou não?

— Cam, você vai ficar me devendo. Eu não estou fazendo isso de graça.

Olho para ele, mas ele não pisca. Enrugo a testa de frustração. Não há tempo para isso. Depois de sexta-feira, tudo ficará bem de novo — mais do que bem. Mas minha noite com Viv tem que ser perfeita. Nada pode ficar no caminho. Eu me obrigo a relaxar a mandíbula. É apenas um detalhe, mas há muito em jogo. Se uma única coisa der errado... Poderia arruinar mais do que nossa noite. Penso em implorar, mas ele só fica esperando.

— Você está certo — digo, surpreendendo-me. — Fico te devendo.

Ele me observa como se estivesse tentando descobrir se eu o estou enrolando, mas acho que fica satisfeito com o olhar no meu rosto.

— Tudo bem, tanto faz. Conta comigo.

VINTE E NOVE

O CARRO DE MAMÃE ESTÁ NA GARAGEM QUANDO CHEGO EM CASA. Isso não costumava ser um bom sinal, mas ela tem estado muito mais presente desde que começou a tentar ser maternal. Está até mesmo fazendo um esforço para manter o local limpo. O chuveiro está ligado quando entro, então vou em direção à cozinha para caçar comida.

Estou com a mão na geladeira quando o novo telefone soa seu toque digitalizado e estridente na parede oposta. Pego o aparelho, apoiando-o no ombro enquanto abro a porta para procurar alguma coisa.

— Alô?

— Cam?

Congelo com uma lata de suco na mão.

— Não desligue... Podemos conversar?

A voz de papai parece instável. Eu não respiro.

— Olha, eu tenho tentado entrar em contato você...

— Como estão as coisas?

A linha fica em silêncio. Por que eu falei? Meu polegar paira sobre o botão de desligar.

— Comprei o barco de volta, Cammer.

Ele *o quê*?

Aperto a mão sobre a boca antes que possa dizer qualquer coisa.

— Sua mãe disse que as coisas têm estado difíceis ultimamente. Eu pensei que talvez... — Ele suspira. — Pensei que você talvez fosse gostar de passear no lago.

Fico parado como um idiota, segurando o telefone, mas engulo em seco para que ele saiba que estou ouvindo.

— Você não tem que decidir agora. O clima se manterá estável.

Abro a boca e faço uma pausa, pensando em mim e no papai em nosso barco, balançando preguiçosamente na água. Quase posso sentir o cheiro das trutas. Eu quero gritar *Sim!* Mas também quero uma razão para não fazê-lo.

— Cheryl irá também?

— Não — diz ele. — Só você e eu.

Afundo em uma cadeira da cozinha. Costumava ser muito mais fácil odiá-lo. Mas desde o acidente... Ele tem ligado quase todos os dias.

— Você pegou o *Reel Fun* de volta?

Ele tosse.

— Perdi um pouco de dinheiro no negócio, mas espero que valha a pena.

Examino o jornal aberto sem lê-lo.

— Sinto falta de sair com você, filho...

—É. — Meu peito fica pesado diante de tais palavras. — Bem... Tenho que ir.

— Apenas pense a respeito — diz papai. — Leve todo o tempo que quiser.

Desligo o telefone sem sair do lugar. Não posso acreditar que o deixei vencer. Abro os olhos e minha mãe está de pé à porta, a cabeça enrolada em uma toalha.

— Como foi? — pergunta ela.

— Você sabia que ele ia ligar?

— Pensei que seria uma boa ideia vocês dois conversarem.

— Por quê? — pergunto, incrédulo. — Você deveria odiá-lo mais do que eu.

Ela puxa a manga de seu roupão com força.

— Ele não é mais o idiota que costumava ser.

— Mãe! Ele abandonou você por aquela...

— Você não precisa me lembrar disso!

Balanço a cabeça, tentando controlar meu temperamento.

— Então... você está tentando me repassar para ele ou o quê?

— Oi?

Aponto para a pilha de pratos que reapareceram na pia.

— A vida é dura o bastante, mas se você puder se livrar de mim...

— Ninguém está sugerindo que você vá morar com ele.

— Então por que falar com ele?

A toalha cai de lado na cabeça dela.

— Ele é seu pai, Cam.

— E quer um prêmio por isso?

Ela suspira e puxa um maço de cigarros do bolso.

— Eu tive que elaborar meus próprios papéis de divórcio, tenho uma desculpa para nunca mais vê-lo. — Ela inclina a cabeça. — Mas você compartilha o DNA com ele. É o único pai que você tem...

Eu dou um grunhido e enfio o telefone de volta na base.

Ela procura por um isqueiro. Entrego-lhe uma caixa de fósforos que estava numa gaveta.

Abro a porta da geladeira de novo, mas não estou mais com fome. Eu me flagro pensando em Owen e me pergunto se é pior ter uma droga de pai ou não ter pai nenhum. Fecho a porta da geladeira. Mamãe pendurou uma foto de Viv lá — a que eu tirei no pôr do sol. De alguma forma, olhar para ela ainda me deixa triste. Como se ela realmente tivesse partido... E eu não a tivesse de volta.

— O que você está fazendo em casa? — pergunto. — São apenas quatro horas.

— Eu tinha um compromisso no tribunal amanhã, mas foi adiado para a próxima semana — explica ela. — Pensei em relaxar e trabalhar de pijamas até lá... Passar o fim de semana com meu filho.

Eu me endireito.

— Hum, eu meio que marquei... com o Mike.

— Ah. — Ela pisca para mim. — Mas você não marca... há meses.

— Parte do meu pacote de melhorias? Irei para a casa dele na sexta à noite. — Resisto à tentação de desviar o olhar quando digo isso. Você nunca deve interromper o contato visual com um advogado quando está mentindo.

— Mike Liu? Eu não o vejo há anos. Por que vocês não vêm para cá? Vai ser divertido, como nos velhos tempos!

Balanço a cabeça.

— Não... Vamos fazer coisa de homem. Você não iria nos querer aqui. — Isso é fraco, preciso de algo específico... — Videogames! O novo *Zombies versus Aliens*... Eu não tenho o console do jogo. Ele tem tudo em casa, então... Temos que ir para lá.

Ela levanta uma sobrancelha. Meu estômago revira.

— Bem, então você não vai se importar se eu ligar e falar com a mãe dele... Qual é o nome dela mesmo?

Não consigo falar nada enquanto ela alcança o telefone da parede. Minhas mãos estão úmidas. Não porque eu estou preocupado se a Sra. Liu vai me entregar, isso é certo. Minha mente está pulando para a incógnita seguinte: como Viv vai reagir quando descobrir que não posso ir. O que ela vai fazer.

Mamãe procura o número e eu não ajudo. Ela o consegue através da lista telefônica — existe apenas uma família Liu na cidade — e começa a discar. Tenho tempo de torcer para que caia na secretária eletrônica, mas então a expressão vaga se transforma em animação e ela sorri.

— Sra. Liu? Ah, não é a... Ah, Nicole! Sua voz parece tão adulta. Por um segundo você soou *exatamente* como sua mãe... Ela está?

Puxei o jeito atrapalhado de falar da minha mãe.

— Ah, entendo. Não, tudo bem, aqui é Loretta Pike... mãe do Camden. Basta dizer-lhe para me ligar quando ela puder...

Pausa. Um olhar para mim.

— Eu digo a ele, querida. — Ela ri. — Tudo bem, obrigada, tchau.

Meu coração que mal batia há um segundo agora se atreve a retornar para o modo "esperançoso".

— A irmã mais nova de Mike disse que te acha fofo. — Ela pisca.

— Ah, ótimo. — Olho para o telefone, calculando o tempo até o fim do treino de futebol para que eu possa alertar Mike. Empurro minha cadeira para trás e fico de pé. — Bem, tenho uma tonelada de dever de casa. Acho que você terá que me investigar outra hora.

Ela ergue a cabeça e estica os braços.

— Venha cá. Estou orgulhosa do modo como você está se esforçando. Vá ver seus amigos e saia um pouco. Divirta-se.

Hesito, deixando a culpa se infiltrar. As coisas eram mais fáceis quando ela não se esforçava para se importar. Enterro-a em meus braços, respirando o cheiro do xampu misturado ao cigarro e perfume de mãe. Nunca me acostumei a ter que me curvar para os abraços dela, e mesmo agora fico preocupado em esmagá-la acidentalmente. Quando solto, ela aperta minha bochecha como não fazia desde que eu tinha 6 anos.

— Uh! — Esfrego meu rosto.

— Sua vez de lavar os pratos.

TRINTA

— DEIXE-ME ENTRAR... ELES NÃO VÃO NOS OUVIR — IMPLORO.

Viv inclina-se para fora da janela, silenciando-me com sua boca carnuda e deliciosa. Ela brinca com meu lábio inferior antes de colocar a mão na minha testa e me empurrar para trás gentilmente.

— Eu te disse... Eles vão receber o advogado deles para jantar hoje à noite. Ele virá tarde. — Ela revira os olhos, mas olha para trás em direção à porta. — Eu tenho que ir ser a filha obediente.

Ergo uma sobrancelha.

— Desde quando você é obediente?

Ela ri, mas cobre a boca e me manda um shhhhh.

— Nós vamos ter o lugar só para nós amanhã durante toda a noite. O Sr. Winters virá para checar se estou bem no sábado de manhã, mas você pode se esconder. Eles só estarão de volta à tarde.

— O *advogado* deles virá checar se você está bem? Desde quando eles são tão preocupados?

— Desde que... você morreu. — Ela olha para o chão. — De qualquer forma, não é nada de mais. Ele é praticamente meu tio.

Suspiro e saio da ponta dos pés.

Ela inclina-se para me beijar de novo e, de onde estou, a vista é uma promessa em cetim rosa. Dou um gemido no pescoço dela.

— Vou tomar uma ducha fria.

Ela fecha a janela com um sorriso sensual.

— A espera vai valer a pena... Eu prometo.

Ando no meio de uma rua escura e vazia, tentando me livrar da excitação. Meu corpo dói por Viv, mas da melhor maneira possível, vibrando com expectativa. Sexta à noite nunca pareceu tão longe. Tudo vai ser perfeito agora, eu sei que vai.

Volto para o poste e deixo meus dedos formigarem e brilharem, iluminando a escola — *minha* escola — através de um filtro verde em frente à casa de Viv. Expiro um silencioso "obrigado" novamente por causa da existência desse portal esquisito e de todos os seus paralelos estranhos. Depois, sigo meu caminho para casa.

Estou quase na metade do caminho pela luz quando fico preso. O zumbido da eletricidade através de minha pele fica tão confuso que tateio ao redor para encontrar as bordas do espaço onde estou, e elas estão muito mais perto do que lembro — fico claustrofóbico. Viro de lado, encontro um lugar onde consigo enfiar minha mão completamente, então forço e me abaixo até encontrar a saída. Tropeço no escuro, ajoelho-me na calçada e tusso. Prolongar-se por lá não pode ser bom para a saúde de ninguém.

— Teve problemas de espaço ao atravessar desta vez?

Levanto-me rapidamente, forçando os olhos a se ajustarem da luz verde de volta para a noite. Nina está sentada em uma pedra a meio metro de distância, agasalhada com uma jaqueta com capuz de se estivesse esperando há algum tempo.

— Fique longe de mim — digo, e começo a caminhar para casa.

— Está ficando cada vez menor, Cam. Acho que vai fechar.

Paro de andar, o pânico me atravessando... Até eu perceber o que ela está fazendo.

— Isso não vai funcionar... você só está soando desesperada.

Ela vem em minha direção, sem sorrir.

— Talvez eu esteja.

Dou um passo para trás.

Nina ri, mas não há nenhum humor na sua risada.

— No começo achei que tivesse me esquecido de como era passar por isso, mas tentei de novo hoje à noite e essa coisa está definitivamente ficando menor.

— Você está mentindo — digo rapidamente. Mas algo na voz dela me incomoda.

Ela chega perto o bastante para ter que olhar para cima ao olhar para mim, e seu capuz cai para trás. Eu esperava que seu rosto estivesse manchado de chorar ou simplesmente de surtar, mas a pele está pálida e clara, o cabelo liso e bonito.

— Não acredita em mim? — pergunta ela. — Você tem ido e vindo muito mais do que eu... Mas talvez tenha estado preocupado demais para notar...

Olho em dúvida para o poste. Sempre estou com pressa quando venho aqui. Parece que anos se passaram desde a primeira vez que atravessei para encontrar Nina. Mas lembro-me claramente da experiência. Eu estava apavorado, mas era fácil, como passar por uma porta. Passo a mão pelo meu cabelo, recordando as últimas várias vezes que fui para lá e para cá. Vezes em que tive que me contorcer, dobrar, ou que quase fiquei preso. Cubro minha boca.

— Se essa coisa fechar... — Ela faz um gesto em direção ao poste. — Você *não pode* estar no mesmo lado que ela.

Meu humor anuvia. Ela só está dizendo isso para nos manter separados — para tentar me tirar de Viv outra vez. Inclino-me para a frente.

— Você. É. Uma. Lunática.

Ela fecha os olhos e cerra os dentes.

— Eu vi você atravessar agora, sabe que estou certa sobre isso!

Eu começo a andar de novo, rápido, mas a voz de Nina atravessa minhas costas.

— Foi um carro azul — diz ela.

Eu paro.

— O atropelamento que matou você. Eles estavam dirigindo um carro azul... Igual ao de Viv.

Demora muito tempo para que as palavras façam qualquer tipo de sentido no meu cérebro. Finalmente, uma imagem de Viv atrás do volante pisca na minha cabeça tão claramente que todos os músculos do meu corpo ficam rígidos, como se preparando para o impacto. Quero piscar, fechar os olhos, mas não consigo. Minha própria respiração congelada gira, branca e fantasmagórica, através do ar na minha frente, e depois desaparece. É difícil respirar de novo.

— Como você sabe? — pergunto.

— Porque... vi acontecer. Eu estava indo te encontrar aqui. — Uma única lágrima escorre pela pele macia da bochecha dela. — E... não cheguei a tempo.

Um calafrio percorre minha espinha, como os dedos de um fantasma. Olho para ela, esperando que recue. Ela não o faz. Desvio o olhar para a esquina, e um peso se instala no meio do meu peito. Ela está desesperada o suficiente para inventar algo assim?

— Você está mentindo.

— Eu nunca vi o rosto dela, apenas o carro... Mas ela descobriu sobre nós, Cam, ela *sabia*...

— Cale a boca!

Ela aperta os lábios e apenas olha para mim. Afasto-me para não ter que ver seu rosto e ela não conseguir ver o meu.

— Terá uma audiência na segunda-feira... Eu tenho que contar a eles o que vi.

Eu giro para encará-la.

— Uma audiência *no tribunal*? Para quê?

Ela respira fundo.

— Para determinar se sua morte foi acidental ou não.

Minhas mãos estão tremendo. Eu as enfio nos bolsos, mas não ajuda.

— Viv teria me falado sobre algo tão sério.

Nina inclina a cabeça.

— Será que teria?

Hesito, olhando para onde a calçada desaparece na escuridão. Mesmo se foi Viv quem me atropelou, *tem* que ter sido um acidente.

— Olha, eu não queria dizer isso, mas se você ficar... Tenho medo que isso aconteça de novo.

Fecho meus punhos. Reúno forças para falar sem gritar.

— Isso não vai acontecer, Nina, porque eu *nunca* abandonarei Viv para ficar com você! Coloque isso na sua cabeça. Nós. Nunca. Ficaremos. Juntos.

A voz dela sobe um tom.

— Eu já perdi você uma vez. Sei que vou te perder de novo. Mas se eu souber que você está seguro aqui e que ela está presa lá comigo...

— Não se *atreva* a tentar afastá-la de mim.

Ela bate o pé.

— Mas que droga, Cam, você não ouviu uma palavra do que eu disse?

— Acusando Viv de assassinato? É isso o que você está fazendo?

Ela se aproxima e enfia o dedo no meu peito.

— Foi você quem me disse como ela parecia desequilibrada às vezes, que não tinha certeza do que ela faria a seguir.

— Sim, logo antes de você se jogar em cima de mim.

Ela joga a cabeça para trás.

— Às vezes eu me esqueço do idiota que você é e o confundo com ele.

Chuto os arbustos à minha direita. Meu joelho palpita em protesto, como se estivesse zombando de mim mais ainda. Aponto para a esquina.

— Se essa coisa se fechar, você pode apostar que estarei deste lado... Com Viv... Longe de você.

Viro as costas e sigo meu caminho pela calçada.

— Não! — Seus passos se aceleram atrás de mim. — Olha, não sei como sua Viv era. Talvez ela não fosse possessiva e tentasse isolá-lo; talvez sem mim por perto ela não tentasse mantê-lo só para ela...

— Pare com isso!

— Só não confunda as duas!

— Não se atreva a falar dela. — Minha voz parece baixa e perdida em campo aberto. Olho automaticamente para onde o memorial costumava ser.

— Sinto muito — diz ela, seguindo meu olhar. Ela envolve os braços em volta de si e suspira, olhando para o chão. — Eu não consegui salvar a vida *dele*, mas pensei que poderia ser capaz de salvar a sua. Eu nunca tive uma segunda chance... Para nada.

Sinto seus olhos em mim, mas me recuso a encará-la.

— Eu o amava — murmura. — Não importa o que você pense.

Ela se afasta e começa a caminhar de volta para a esquina. Quando chega ao poste, eu a vejo esticar uma das mãos firmemente até ficar transparente. Ela desliza o braço para dentro, de lado, e se aperta através de uma faixa muito estreita de luz verde.

Ela nem sequer olha para trás antes de desaparecer

A esquina está escura e vazia. Era assim que costumava ser, e eu percebo que é assim que será novamente em breve. Ando até onde Nina desapareceu e sinto o cheiro de pêssego dos cabelos dela. Estico minha mão no escuro, trilhando os dedos verdes pelo ar. Traço as bordas do que uma vez pensei ser uma porta de entrada que duraria para sempre, mas agora se assemelha a uma pequena janela prestes a fechar.

As palavras de Nina ecoam em minha mente.

Um carro azul.

TRINTA E UM

ESTA NOITE O SONHO É DIFERENTE. ESTOU NA ESQUINA SOZINHO. MAIS uma vez não há som e eu não consigo me mexer. Algo me chama a atenção, uma figura à distância. Nina? Ela está correndo e acenando, mas não consegue chegar mais perto. Tento chamá-la, mas não tenho voz. Viro meu rosto, vejo um borrão azul e fico cego pela luz branca.

Acordo tremendo na minha cama, olhando para um céu negro. A janela acima de mim está totalmente aberta. Assustado, eu a fecho e seco a testa com a camiseta. Estou pingando de suor. Fico só de cueca e entro novamente debaixo dos cobertores, mas é impossível dormir ou relaxar.

Não depois desse sonho.

Nunca perguntei a Viv *ou* a Nina sobre o atropelamento... Parecia óbvio. A pessoa ficou com medo e fugiu — presumi que nunca tivessem sido pegos. Mas agora tenho medo de perguntar. Porque Viv mencionou estar arrependida de coisas ruins que fez. E às vezes parece que ela está fugindo de seu mundo. E às vezes seu ciúme se parece muito com medo.

Mas quem poderia culpá-la por sentir-se desse jeito? Foi um terrível *acidente*.

Como Nina poderia sugerir que fora outra coisa?

Caminho sob as sombras da esquina e as deixo me engolir, certificando-me de que o caminho está livre em todas as direções. Não vou correr nenhum risco esta noite. Houve um jogo de futebol hoje, mas era longe, graças a Deus.

Uma corrente de ar ártica desceu do norte, congelando tudo. Parece que cristais de gelo estão se formando em meus pulmões. Meu coração dispara quando chego no espaço negro e vazio ao lado do poste. Solto o ar quando minha mão desliza na conhecida luva verde transparente.

Será que essa vai ser a última vez? Voltarei para casa novamente — com Viv? Tento não pensar nisso.

Traço o contorno do espaço com a mão direita, assimilando as dimensões da melhor forma possível. Ele parece menor do que ontem, mas não consigo dizer com exatidão. Não consigo acreditar que precisei de Nina para me fazer perceber isso.

Olho por cima do ombro mais uma vez, mas ela não está ali. E se souber o que é bom para si, também não estará quando Viv e eu reatarmos. Porque depois que eu resolver essa coisa sobre o acidente, Viv e eu iremos embora daqui, juntos. Escorrego um pé pelo raio de luz verde clara, abaixo-me prendendo a respiração e me espremo com alguma dificuldade para o outro lado. Talvez, pela primeira vez, fosse bom eu não pesar o mesmo que há dois anos. Deixo a energia se dissipar — mesmo parecendo não durar tanto — e olho em volta.

Meus dentes estão batendo. Parece ainda mais frio aqui, na esquina de Viv. É esquisita, escura e isolada, igual a minha — a *nossa* — do outro lado. Nossa. Logo nossos mundos não serão mais *dele* e *dela*. Estaremos juntos em um só lugar a partir de agora.

Onde vou *escondê-la*?

Um carro acelera a uma rua ou duas de distância, tirando-me dos meus pensamentos. Fico tenso e espero, mas ele não se aproxima. Um arrepio percorre meu corpo. *Um carro azul.* Essas três palavras têm me assombrado desde que Nina afirmou ter visto o acidente acontecer. Pergunto-me o que eu estava realmente fazendo nesta esquina sozinho, no meio da noite. Viv conta que eu — *ele* — a abandonou por Nina, e Nina diz que íamos nos encontrar aqui na esquina...

Não há nenhuma possibilidade de Viv ter estado atrás do volante daquele carro. Provavelmente foi um motorista bêbado. Motoristas bêbados atropelam pessoas de forma aleatória o tempo todo.

Um vento levanta meu casaco e sinto um calafrio.

O atropelamento que matou você. Estavam dirigindo um carro azul...

Preciso conversar com Viv. Agora.

Quando vislumbro a luz amarela brilhante na janela de Viv, mal consigo fechar os dedos para bater no vidro. Eu tusso, tentando libertar meus pulmões desse estrangulamento do inverno. Uma sombra surge, a janela se abre e Viv espia.

— Uau, ficou frio! — Ela cruza os braços.

Esqueço-me de tudo assim que olho para ela. Apesar do frio que estou sentindo, ela está usando um short vermelho e uma blusa pequena combinando que deixa pouco espaço para minha imaginação. Eu sopro nas mãos. Nada como ter sangue bombeando novamente.

— Oi — digo descaradamente para o decote dela.

Ela ri.

— Vai lá para a frente... Vou encontrá-lo à porta.

Ela sai da janela e, sem a visão dela para me distrair, meu cérebro é sacudido de volta para a luz verde encolhendo. Saio tropeçando rapidamente ao redor da casa. Viv segura a porta e me incita a entrar rapidamente. Ela segura minha mão gelada e me guia até a frente de uma lareira na sala de estar.

Olho enquanto ela esfrega meus dedos gentilmente e sopra neles.

Como Nina poderia pensar que Viv é capaz de matar?

— Pronto, está melhor? — pergunta ela, tirando meu casaco. — Ei, onde estão todas as suas coisas?

Hesito, fazendo toda uma cena para me aquecer junto ao fogo.

— Não trouxe escova de dente, pijama? — Ela levanta a sobrancelha. — Vai dormir pelado?

— Não achei que precisaríamos de um monte de... acessórios — digo.

Se eu for cuidadoso, talvez ela não surte. Vou para o sofá e a puxo para meu colo. Ela tem um cheiro incrível. Suas pernas esticam infinita e suavemente na minha frente.

Desvio os olhos e pisco várias vezes. Deus, preciso me concentrar.

— O advogado dos seus pais não ia passar aqui ou algo assim?

— Está tudo sob controle. — Ela enfia os dedos sob a bainha da minha camisa, deixando minha pele em chamas. Perco a concentração. — Ah, roubei umas cervejas do estoque do meu pai na garagem...

Ela se levanta e corre para fora da sala antes que eu possa impedi-la. Sento-me e esfrego uma das mãos sobre o rosto. Eu deveria ter ido diretamente ao ponto quando entrei. Ela retorna um pouco depois e abre duas latas.

— Talvez devêssemos ir... Para o meu quarto?

Olho para o corredor atrás dela que leva ao quarto e imagino a colcha rosa claro e fotos pelas paredes — só que preciso me lembrar de que não serão imagens da minha memória. As que estão na parede deste mundo estão cheias de rostos estranhos, pessoas com quem não estou acostumado e coisas que nunca fiz. A foto do Rei e Rainha Vermelhos está bem acima da cama.

— Está bom aqui — digo às pressas. — Talvez daqui a pouco?

— Ah... Tudo bem. — Ela se senta ao meu lado e me dá uma cerveja.

— Um brinde às segundas chances.

— Às segundas chances — repito. A cerveja é amarga e fraca. Eu engulo depressa. — Viv, eu...

— Shh...

Os dedos dela sobem pela minha coxa, correndo ao longo do cós da calça enquanto ela beija todo o caminho até meu pescoço e depois até minha boca. Fecho meus olhos, distraído, saboreando o gloss de cereja de seus lábios. Eu deveria impedi-la — eu vou — em um segundo.

Durante quantos meses ansiei por isto? Inclino-me para trás, correndo a mão sobre as omoplatas de Viv em direção ao cabelo curto, e me dissolvo na pele dela. O perfume dela me cerca, quente, familiar e reconfortante. Acho que não me dei conta de como sentia sua falta até este momento.

Ela muda de posição e a lateral do sofá finca nas minhas costas. Ignoro. Ela inclina a cabeça, sorri e coloca as mãos em meu cinto.

Respiro fundo, tentando desligar meu cérebro. Isso realmente vai acontecer. Podemos conversar... depois.

Viv atravessa meu colo, colocando todo seu peso sobre meu joelho direito.

— *Ai!*

Empurro minha perna instintivamente e quase lhe esmurro o queixo. Ela move-se rapidamente para trás, para a outra extremidade do sofá, os olhos arregalados.

— O que há de errado com você? — pergunta ela.

Traço a bainha dos seus shorts com pesar nos olhos e suspiro.

— A luz... A passagem... Seja lá como queira chamar aquilo, está ficando menor.

Ela franze a testa.

— E?

— Na esquina... Viv, não podemos mais ficar indo e vindo.

Ela aproxima-se. Minha explicação desarticulada deve estar funcionando.

— O que você está falando? Claro que podemos.

Balanço a cabeça.

— Eu mal consegui passar hoje à noite.

Seus olhos arregalam-se.

— Mas... *por quê*?

— Eu não sei!

Ela pula do sofá, derrubando uma almofada no chão.

— Então nós temos que ir!

Um nó se forma em meu estômago. Ela está certa, devemos levantar agora e *ir embora*...

— Nós vamos, mas Viv...

— Por que você não me disse isso mais cedo? — Ela corre em direção ao hall de entrada, para, então vira bruscamente de volta para mim, frenética. — Não pode fechar antes de sairmos! Eu não posso ficar aqui! Temos que ir!

— Eu não sabia... — É como se uma nuvem se alojasse dentro da minha cabeça. — Viv, não podemos ir ainda.

Ela tira uma mecha de cabelo do canto da boca e olha para mim como se minha cabeça estivesse ao contrário. Ela olha em direção à porta, mas permanece onde está, respirando com dificuldade.

— *Por quê*?

Umedeço meus lábios e olho de volta para ela. A bainha da blusa subiu até revelar uma faixa de pele nua logo acima dos shorts.

Não consigo aguentar. Meu *corpo* se acovarda.

— Você nunca vai ser capaz de voltar, até onde sei — digo rapidamente. — Seus pais e todos os seus amigos podem pensar...

Ela me interrompe.

— Você está brincando?

— Não.

Viv olha para o teto e passa a mão pelo cabelo curto cuidadosamente arrumado. Mas então fecha os olhos e faz um esforço evidente para respirar mais devagar. Ela ajeita a blusa e anda para trás, posicionando-se ao meu lado no sofá.

— Cam, quantas vezes eu preciso dizer? — Ela pega minha mão. — Eu não me importo.

O nó no meu estômago retorce ao toque. A voz dela pode até estar calma, mas seus olhos estão resolutos.

— Eu sei, eu só achei...

— Você não me quer? — A voz vem baixa.

Minhas mãos ficam úmidas.

— Claro que sim!

— Então... O que você está dizendo? — pergunta. Ela traça linhas em toda a palma da minha mão, mas com firmeza. Levanta os olhos para encontrar os meus, e seus olhos parecem de aço. — Você está tentando voltar sem mim?

— Nunca. — Eu aperto a mão dela, tentando manter a calma, mas minhas palavras saem assustadas. — Eu só não quero que você tenha nenhum arrependimento.

— Arrependimento? — Ela aperta minha mão até começar a ficar desconfortável.

— *Você* se arrepende de alguma coisa?

Um carro azul.

O pensamento entra em minha mente no pior momento possível. Forço meu olhar para baixo, com medo do que Viv será capaz de dizer. Inverto a mão dela sobre a minha. Seus dedos são longos e delgados, as unhas estão lixadas e pintadas. Essas mãos não conseguiriam matar...

Mas então imagino os seus dedos brancos agarrando um volante.

— Viv... — falo com cuidado. — Eu sei o que aconteceu naquela noite.

As palavras saem e ficam suspensas entre nós. São dela agora, para confirmar ou negar.

— Eu não sei do que você está falando. — Ela pula para longe de mim, levanta-se e caminha para o outro lado da sala. Pega um cigarro da mesa do pai, mas avança de volta com ele apagado na mão. — *Nina* disse alguma coisa? Ela é uma mentirosa, ela está obcecada...

— Eu... Eu só quero entender — gaguejo. — Viv, por favor...

Ela me olha firmemente por um bom tempo, então pega uma caixa de fósforos de uma mesinha de canto, risca duas vezes e acende o cigarro. Dá uma tragada e joga seus cachos, colocando uma das mãos no quadril. Ela inspeciona algo no braço que só ela consegue ver e esfrega. Então, lentamente, com voz trêmula, mergulha de volta no sofá junto a mim e fecha os olhos.

— *Ele* não queria entender. — Ela abre os olhos e deixa os dedos delinearem as formas da minha garganta ao meu peito. — Senti tanta falta de te tocar.

Meu coração parece que vai correr para fora do corpo, mas minha pele permanece fria. Quero gritar para ela dizer outra coisa. Não pode ser isso o que ela quer dizer... O que parece.

— Então — digo, lutando para manter minha voz calma. — Você fez isso...

— Ele não sabia o que queria. — A voz falha. — Ela tentou tirar você de mim.

O nó dentro de mim aperta com tanta força que sinto como se estivesse sendo cortado em dois. Não tenho mais certeza se ela está falando sobre *mim* ou *ele*, mas acho que isso não importa. Não consigo me mexer.

Ela coloca o cigarro no cinzeiro e se aproxima, envolvendo minha cintura. Meus músculos ficam tensos. Ela passa os dedos no meu braço, no meu pescoço e começa a brincar com o meu cabelo como se estivesse confusa por eu realmente estar ali. Olho para baixo, para aquele rosto que conheço tão bem. Aqueles olhos castanhos profundos, lábios carnudos e sobrancelhas arqueadas. Conheço cada lampejo de medo, dúvida ou afeição que já cruzaram aquele rosto. Mas quando olho em seus olhos agora... vejo uma estranha.

Sinto-me enjoado; dói para respirar. A euforia de quando a vi pela primeira vez de novo — toda a esperança renovada para o futuro — parece rachar e estilhaçar. Aperto as mãos, mas a dor se espalha através dos meus braços, meu corpo, indo para todos os músculos e ossos.

— Cam?

— *Ela* nunca teria feito isso comigo... — sussurro.

— Se ela te amasse tanto quanto eu, teria. — A voz de Viv é calma. — Para que ninguém mais pudesse tê-lo.

Não consigo me mexer. Não consigo falar.

Ela senta-se rapidamente.

— Mas isso não importa! Não agora! Vamos passar para o seu lado e começar de novo... Taiti, Cam! Vai ser como se nada tivesse acontecido! — A voz dela vacila. — Você já largou o futebol, como eu disse que você deveria fazer, e não haverá ninguém lá para interferir. Seremos apenas nós dois...

Fecho meus olhos.

— Porque quem precisa deles quando temos um ao outro?

— Exatamente!

Pisco com força. Esses lugares para ir, coisas com as quais sonhamos, tudo se foi antes de sequer as compartilharmos. Eu nunca as conheci. Levanto do sofá e caminho até a porta da frente.

— Espere... Aonde você está indo? — Viv vem correndo atrás de mim. — Cam!

Abro a porta, e uma rajada de ar frio sopra sobre nós, para dentro da casa — ou pelo menos deve estar frio, pela forma como ela grita e tenta empurrar a porta. Sinto tudo paralisado.

— Cam, está frio! — Ela envolve seus braços em volta de si, tentando cobrir as curvas sensuais e perigosas. — Feche a porta e me ajude a fazer a mala!

Balanço a cabeça, porque ela não *entendeu*. Empurro a porta para longe dela com a mão trêmula, e é quando percebo que não estou nem um pouco paralisado — estou completamente apavorado. Eu saio, e ela voa para fora atrás de mim, pendurada no meu braço.

— Aonde você vai? Cam, venha para dentro! Por favor... — geme. — Cam, por favor, foi um acidente... *eu tentei parar...*

Os pés estão descalços. Ela calça os saltos, mas depois arrasta-se pelo chão, chorando, e desejo simplesmente que ela me deixe — porque em todas as vezes que sonhei em tê-la nos meus braços, nunca era parecido com isso. Algumas luzes aparecem do outro lado da rua. Começa a nevar assim que alcanço a calçada.

— Me desculpa — soluça ela.

Lágrimas queimam nos cantos dos meus olhos. Eu a arranco do meu braço e a ouço desmoronar aos prantos no chão. Não consigo olhar para ela... Não consigo enxergar.

Eu corro.

TRINTA E DOIS

ACHO QUE ESTOU INDO EM DIREÇÃO À ESCOLA. AS RUAS E AS CASAS estão corretas, mas sempre que me concentro muito, tudo na minha frente começa a se confundir. Eu apenas continuo indo. Flocos brancos fracos passam flutuando pelo meu rosto. Deixei minha jaqueta na casa de Viv, mas não há nada que me faça voltar para lá agora. Puxo as mangas por sobre meus dedos e ouço meus sapatos atingirem a calçada num ritmo lento e triste.

Nina estava certa.

Este pensamento interrompe o zumbido do meu movimento, claro e estridente. Mas não há nada que eu possa fazer sobre isso agora. Preciso chegar em casa, não posso ficar em um mundo onde estou morto.

Chego a uma esquina conhecida, mas não é a que estou procurando, não ainda. Olho para a placa da rua para descobrir quanto ainda tenho que andar e consigo decifrar uma palavra: *Genesee.*

Um floco de neve voa diretamente para o meu olho. Eu o aperto, xingando, tentando destruir o gelo com as lágrimas. Quando pisco novamente, a rua atrás de mim parece mais clara do que qualquer outra coisa que eu tenha visto esta noite.

Há um brilho azul de uma TV na janela de Nina no andar de cima que aquece algo dentro de mim mais do que qualquer lareira. Eu não tenho ideia de que horas são, mas alguém está acordado.

A campainha toca alto quando aperto o botão, e quase imediatamente o leve murmúrio vindo do andar de cima é silenciado. O brilho azul continua na janela. Não posso fazer contato visual com o pequeno olho mágico, mas quando ouço o ferrolho deslizar e a maçaneta girar, prendo a respiração.

Ela não diz nada a princípio. É como se fosse a primeira vez que nos observamos através da luz verde. Só que desta vez, ela não olha para mim como se eu estivesse morto. E agora percebo que ela deve ter ficado lá, em vigília, da mesma forma que eu ficava.

— Você estava certa — digo. — Foi Viv.

Ela leva a mão à boca. Seus olhos deslizam sobre mim, caído sobre a moldura da porta, semicongelado e sem casaco. Não quero nem imaginar como está meu rosto.

— Cam, eu sinto muito. — Ela dá um passo em minha direção e estende a mão, mas eu ando para trás e ela para. — Você está bem?

Pressiono os lábios e balanço a cabeça, mas não consigo olhar para ela.

Ela abre a porta toda.

— Entre, está nevando.

Eu entro e a deixo fechar a porta.

— Posso te oferecer alguma coisa? Chá? Um cobertor?

Inclino minhas costas contra a porta e sacudo a cabeça.

— Eu preciso ir.

— Sim. — Ela balança a cabeça lentamente. — Você precisa.

Nossos olhos finalmente se encontram e eu me preparo para o julgamento. Mas o que vejo em seu olhar não é nada do que esperava. Não há nenhum "eu te disse" ou impaciência, nenhuma exigência para eu admitir que ela está certa. Viv teria feito isso de qualquer maneira. Mas os olhos castanho-claros de Nina estão cheios de compaixão, e nada mais.

— Só imaginei que te devia um pedido de desculpas, pelo menos.

— Não... — diz ela. — Quero dizer, você não me deve nada.

Eu não tenho certeza do que dizer em seguida. Aponto para o segundo andar.

— Owen está dormindo?

Nina olha para a escada e pega minha mão. Silenciosamente, ela me guia pelos degraus e pelo corredor. Eu me arrepio pensando na primeira manhã que passei ali. Ela espreita o quarto de Owen, mantendo um dedo nos lábios. Espio também e o vejo encolhido em cima do edredom, dormindo. Uma tigela meio vazia de pipoca está no chão.

— Estávamos assistindo a *Duelo de Titãs* — sussurra Nina.

— Desculpe — digo baixinho. — Eu não queria interromper.

Ela balança a cabeça e nós andamos para o outro lado do corredor, em direção ao quarto dela.

— Acabou há uma hora, mas eu não quis acordá-lo para cobri-lo.

— Bom filme. — Dou um sorriso torto. — Ele vai ser um *zagueiro* incrível em poucos anos.

Ela sorri timidamente sob a luz fraca.

— Você acha que ele consegue?

— Com o apoio da pessoa certa. — Nossos olhos se encontram.

Ela aperta minha mão. Eu nem sequer tinha percebido que ainda estávamos de mãos dadas. Estou prestes a dizer algo, mas então ela acende a luz.

Eu pisco. Demora alguns segundos para meus olhos ajustarem-se e vários outros antes de eu entender o que estou vendo. Vampiros e monstros olhando por toda a parede. *O Monstro da Lagoa Negra* está pendurado ao lado do armário. *Psicose*, de Alfred Hitchcock, está perto da mesa. *Máscara de Satã* está acima da cama. Todos os pôsteres que vi no armário agora decoram as paredes, junto a alguns novos, pelo que posso notar.

— Eu sempre fui fã de *O Planeta Proibido* — digo, admirando-o ao lado da porta.

Nina cruza os braços e ri.

— Eu sei.

Olho ao redor. A cama ainda está feita, a mesa, arrumada, e ainda não tem um grão de poeira em nenhum lugar que eu possa ver. Mas o quarto é uma explosão de cores. Está cheio de vida — ou de pessoas gritando por suas vidas, de qualquer forma.

— O que fez você mudar de ideia?

— Não sei, eu estava me sentindo do mesmo jeito que me senti depois que meus pais morreram, antes de te conhecer. Como se eu só precisasse me concentrar o suficiente para conseguir seguir com a vida. Mas depois que assisti a alguns dos nossos filmes novamente, percebi que preciso de um pouco de diversão. — Ela dá de ombros, sorrindo para o sangue supersaturado e vagabundo. — Além disso, tia Car odeia todos eles.

Deixo meus olhos percorrerem o quarto, tentando gravar essa nova imagem de Nina em minha mente. Há uma pilha de DVDs na estante, em ordem alfabética, correspondendo aos cartazes.

— Eu gostaria que tivéssemos tempo para assistir a um deles.

Nosso foto no lago, colada no espelho, capta minha atenção.

Nina segue meu olhar.

— Eu vou sentir sua falta. Mais uma vez...

Olho longamente para ela, tentando memorizar seu cabelo liso cor de cobre, as bochechas pálidas, seus olhos castanhos, calorosos e tristes. Aproximo-me dela e seu rosto se entristece. Caímos nos braços um do outro. É tão diferente, reconfortante e sereno. Nada similar ao que era com Viv. Inclino a cabeça contra a de Nina, e seu cabelo tem um cheiro tão refrescante. Ela esfrega a mão nas minhas costas e nós simplesmente ficamos abraçados. Nenhum de nós fala.

— Cam, eu...

Ela levanta a cabeça e nós fazemos uma pausa durante o mesmo segundo, nossos lábios a centímetros um do outro. Hesito, nossos olhos se encontram, e parece que estamos olhando um para o outro através de um universo. Acabo com a distância entre nós e sinto seu gosto quente e doce, como um chá com a menor gota de mel.

Nina é quem se afasta. Ela enxuga o rosto.

— Pelo menos consigo te dizer adeus dessa vez.

Eu não posso ficar. Concordo com a cabeça e caminho os poucos passos até a porta.

— Posso levá-lo lá? — diz Nina.

Suspiro, feliz por ela ter perguntado.

— E quanto a Owen?

Ela caminha na ponta dos pés pelo corredor para verificar como ele está, o cobre com um cobertor, tira a TV do "mudo" e coloca em um volume baixo. Parece o canal de compras para casa.

— Ele vai ficar bem se eu voltar logo — sussurra ela. — Queria que ele estivesse acordado... Para dizer adeus.

Toco o ombro dela suavemente.

— Talvez assim seja melhor. Talvez ele pense que eu fui só um sonho.

Vamos rastejando para o andar de baixo e eu abro a porta a fim de olhar para fora.

— Ainda está meio que nevando.

— Você não vai ficar com frio? — pergunta Nina.

O frio atravessa minha camisa fina e eu fecho a porta.

— Esqueci minha jaqueta essa noite.

— Espere um segundo.

Nina desaparece rumo ao andar de cima e volta com um casaco enorme e vermelho, com o logotipo dos Rams. Atrás está escrito PIKE, com meu número cinco branco.

— É o único que tenho que irá caber — diz ela. — Pode ficar com ele de volta.

— Eu nunca tive um igual a esse — digo, enfiando-o pela cabeça. Tem o cheiro dela. — Você tem certeza?

Ela balança a cabeça com firmeza e eu consigo perceber que ela está forçando um sorriso.

— Fica melhor em você do que em mim.

Caminhamos lentamente, apesar do clima.

Continuo tentando pensar em coisas para dizer, mas tudo que vem à minha mente agora parece trivial. Por que se preocupar em falar sobre a escola, o futuro ou qualquer coisa? O que você diz a alguém quando você sabe que é sua última conversa? O que há para dizer... Além de adeus?

A neve está mais leve agora, cuspindo do céu um floco triste de cada vez. Viramos a esquerda e avistamos a esquina. A lâmpada de rua colocada na parte superior do poste forma uma piscina de luz amarela sobre a calçada polvilhada de neve. Paro subitamente e Nina para comigo. Minhas palmas estão suadas, enfiadas nas mangas do casaco. Está difícil engolir. Minha perna deve estar dolorida. Todo o resto está.

— Eu não sei — digo.

— O quê? — sussurra ela.

— Por que você acha que isso aconteceu? Tudo isso.

Ela balança a cabeça lentamente.

— Eu não sei, pode ter sido apenas algum acaso do universo. Você sentia falta dela, ela sentia falta dele. — Ela faz uma pausa e olha para mim. — Eu sentia sua falta.

— Mas tem que haver uma *razão*. Caso contrário, qual o objetivo?

Olho para a frente, pensando em tudo o que aconteceu ali, e que atravessar a luz significava abandonar tudo aquilo, o bom e o ruim, para sempre. Ela agarra minha mão e eu deslizo meus dedos para fora da manga, entrelaçando-os aos dela.

— Talvez o portal não feche — digo.

Nina aperta minha mão e nossos olhos se encontram, mas ela não diz nada.

Caminhamos em direção à esquina juntos.

A noite está fria e silenciosa. O único som que ouço é dos nossos passos arrastados pela calçada. Concentro-me em nossos pés para que eu não tenha que ver nosso destino se aproximando.

Mas as botas pretas de Nina param subitamente. Seus dedos apertam os meus.

Eu olho.

— O que houve?

Ela não responde. Solta minha mão e caminha lentamente pela calçada. Pelo jeito que inclina a cabeça e observa o horizonte, está claro que está escutando alguma coisa.

— Nina, o que foi? — pergunto novamente.

Mas então eu escuto.

Viro a tempo de ver os faróis virando a esquina atrás de nós. O carro oscila na calçada lisa, recobrando a tração e indo em direção a Nina. O veículo passa pela luz. Tem um tom de azul-escuro.

Eu pulo o vazio entre nós e nocauteio Nina, tentando salvá-la, mas ela agita os braços e me empurra de volta, tentando *me* tirar do caminho. Os faróis desabam sobre nós. Eu não consigo pensar ou ouvir acima do barulho do motor. É tarde demais para fazer qualquer coisa, mas me coloco na frente dela, fecho os olhos e aguardo o impacto.

Meu coração para em um guinchar de pneus.

O mundo fica em silêncio.

O ar quente sopra contra minhas pernas e eu abro um olho. A grade cromada do carro de Viv está a centímetros de distância de meus joelhos — os faróis me cortam ao meio. Abro ambos os olhos e os aperto, focando no capô do veículo, ofegante ao ouvir que meu coração ainda está batendo nos meus ouvidos. Uma silhueta de cabelos curtos inclina-se para fora da janela do motorista.

— Saia do *caminho*, Cam.

— Não. — Um floco de neve aterrissa e derrete na minha bochecha.

Ela bate no volante.

— Apenas... entre no carro.

— Não.

A respiração de Nina é irregular atrás de mim.

A porta do carro bate. Os faróis vibram com o movimento. Vejo uma silhueta alta na luz, vindo em nossa direção. Ela vestiu uma calça jeans e um suéter. Lágrimas brilham em seus olhos quando ela entra na frente dos faróis.

— Por favor... Venha comigo. — A voz de Viv falha. — Temos que ir enquanto ainda há tempo.

Uma lágrima pesada rola pela bochecha dela e eu não consigo evitar: uma pequena parte de mim sofre por ela, até mesmo agora.

— Viv, eu vou embora sem você.

Ela para e estreita os olhos, sem compreender e, em seguida, olha para Nina ao meu lado. Uma das mãos move-se lentamente em direção à boca.

— Com *ela*?

— Não. — Eu balanço a cabeça. — Apenas eu.

Ela franze o rosto.

— Você... não pode.

— Eu vou.

Passo por ela em direção ao poste. Ela me segue com o olhar.

Sua voz treme.

— Mas eu acabei de recuperar você.

— Não, você não fez isso — digo, virando-me. — Eu não sou ele, Viv.

Ela agarra meu braço.

— Eu não me importo... deixe-me ir com você. Por favor... não sobrou nada para mim aqui...

Afasto-me até o aperto afrouxar e virar um toque hesitante. Fico olhando para os cachos sedosos, polvilhados com flocos de neve. Seus olhos são buracos escuros. Ela oscila na calçada como se a brisa fria fosse derrubá-la. Penso em todas as escolhas que foram feitas para que cada um de nós chegasse até aqui, em todas as diferentes maneiras de como esta noite poderia acabar. Eu a entendo bem o suficiente para saber que ela lamenta o que fez — em algum nível. Estava sendo verdadeira quando disse que fez aquilo porque o amava.

— Deixe-me ir.

Viv me olha por mais algum tempo, até a descrença surgir em seus olhos e sua mão deslizar do meu braço. Ela se afasta sem olhar para trás e entra no carro. O motor liga com um rugido que faz meu coração pular. Os faróis acendem e eu fico cego, apenas ouvindo o som do motor e sentindo o calor da grade a centímetros de distância. A mão congelada de Nina alcança a minha e eu me forço a engolir. Ouço o motor ocioso e aguardo, meu cérebro fixando no som rítmico até ele acelerar com um estrondo repentino. Eu engasgo...

O carro inverte a marcha, voltando lentamente para a rua.

O rosto de Viv vira uma sombra quando os faróis se afastam.

Começo a transpirar, mas o carro azul continua voltando diagonalmente pela rua. Ele se move mais lentamente até as luzes do freio acenderem e ele parar. Sob as luzes da rua, o vapor ondula do escapamento como a fumaça da ponta de um cigarro.

— O que ela está fazendo? — pergunta Nina.

Como que em resposta, o som dos pneus riscando o chão canta pelo asfalto. O carro ruge diretamente em nossa direção, com o farol alto, cegando-me tanto que parece que ela está vindo de todas as direções. A mão de Nina aperta a minha, mas só há tempo para ela puxar meu braço e gritar.

O motor passa sibilando, muito perto, mas não perto o suficiente.

Demora muitos segundos até eu piscar.

Avisto o carro cambaleando pela rua. Ela deve ter errado. Vai voltar para tentar de novo.

Mas está indo rápido demais — na direção do poste.

Assim como em meus sonhos, eu grito, mas não há som. Não consigo desviar o olhar. Espero a explosão, o vidro, o fogo. Há um impacto violento e um lampejo de verde.

O carro atinge o poste, destruindo o retrovisor e os arbustos restantes. Ele patina, desenhando um arco acentuado sobre o gramado, e dá um solavanco para dentro do estacionamento da escola antes de fazer uma curva em direção à rua.

Caminho para trás instintivamente, apenas para encontrar os braços de Nina travados em volta de mim. Aperto-a contra meu peito. Ela está olhando para a rua, uma das mãos sobre o rosto. Eu a abraço com mais força. Vemos o pequeno carro azul de Viv arrancar.

E ir embora.

TRINTA E TRÊS

TEM UMA EMBALAGEM DE BALA CONGELADA NO CHÃO. O POSTE DE madeira está com uma camada de terra abaixo do gelo e uma nova cicatriz por causa do impacto do retrovisor de Viv. Os arbustos estão péssimos. Ando para a frente e estico minha mão no escuro. Levo um tempo procurando ao redor, mas, finalmente, meus dedos deslizam no conhecido verde eletrizado a alguns centímetros do chão. Deixo escapar um suspiro, aliviado.

Nina observa as pedras, a grama, o horizonte; todos os lugares, menos eu. Seu rosto está muito sério. Ela está vestindo o mesmo casaco que usava da última vez que estivemos aqui, quando ela tentou me avisar sobre Viv. Por algum motivo aquela foto do lago me vem à mente. Ela e eu — Nina e Cam — segurando aquele peixe idiota e rindo em um dia quente de verão. Tento combinar a foto à imagem diante de mim, na qual Nina está enrolada em seu casaco. Não consigo imaginar como aquele sorriso de verão pode se encaixar no rosto dela.

— E se eu ficasse? — pergunto.

— O quê? — Ela se aproxima, balançando a cabeça. — Você tem que ir.

Eu não consigo evitar, embora saiba que ela está certa. Mas não parece justo dizer adeus agora, quando estou apenas começando a conhecê-la... depois de ela ter feito tanto para me ajudar a compreender. Uma mecha de cabelo cor de cobre escapa de trás da orelha e eu a ponho de volta.

— Você pode vir comigo?

Ela balança a cabeça outra vez e sorri melancolicamente.

— Quem iria garantir que Owen se torne um *zagueiro*?

Eu suspiro e olho para o céu, surpreso por ver algumas estrelas espreitando por detrás das nuvens.

— Você acha que são as mesmas estrelas? — pergunto.

Ela levanta o queixo e olha para cima.

— Acho que provavelmente são as mesmas... Mas diferentes. Como nós.

Continuo olhando até as nuvens cobrirem-nas novamente. Quando baixo os olhos, Nina está olhando para mim. Eu geralmente não consigo ler as expressões precisamente controladas no rosto dela, mas agora tenho uma boa ideia do que está se passando em sua cabeça.

— Desculpe — digo.

Ela parece surpresa.

— Pelo quê?

— Por você tê-lo perdido. — Minha voz é baixa. — Eu sei o quanto dói.

Ela se permite insinuar um sorriso e aperta meu braço.

— Ele foi parte da minha vida, ainda que brevemente... Uma parte feliz.

— Eu estive pensando numa coisa... — Hesito, chegando mais perto. — Se não tiver problema perguntar.

Nina dá de ombros e levanta as sobrancelhas.

— O que o bilhete significava? "Você salvou minha vida"... em seu anuário.

Ela olha para a calçada e pressiona os lábios.

— Eu não sei — diz ela depois de um tempo.

— Mas você deve ter alguma ideia... Por que ele escreveria isso?

— Eu gostaria de saber. — Ela dá de ombros novamente e solta um longo suspiro. — Ele escreveu isso naquela noite... antes de o acidente acontecer. Eu só vi depois que ele se foi. Nunca cheguei a perguntar.

Seguro a mão dela, lembrando-me da forma cruel como esfreguei aquelas palavras em sua cara.

— Eu não sabia.

Ela levanta a cabeça.

— Em dias bons eu pensava que talvez tivesse algo a ver com Viv. Ele tinha acabado de terminar com ela, tinha percebido que ela era encrenca. — Ela engole em seco. — Nos dias ruins eu pensava que era algum pressentimento terrível. Um que eu não descobri a tempo.

Uma lágrima lhe escapa rosto abaixo, e eu a puxo para perto, encaixando sua cabeça embaixo do meu queixo. Tento me colocar no lugar dele, descobrir o que ele deve ter pensado, mas continuo chegando na mesma resposta.

— Eu não posso afirmar o que ele quis dizer — sussurro. — Mas sei que você salvou a minha.

Ficamos abraçados um pouco mais do que o necessário, mas quando ela se afasta, seu lampejo de sorriso está de volta. Ela encontra meus olhos e eu tenho o vislumbre de algo — um lago, o sol. Apenas um lampejo de uma lembrança que ela guarda, juntamente a muitas outras coisas.

Ela beija minha bochecha.

— Obrigado.

Nós dois voltamos para o poste. Mas isso está acontecendo muito rápido. Eu não estou pronto para partir... ainda não.

— Você ainda vai para a Inglaterra, não vai? Para a cidadezinha de sua mãe? — Se eu nunca mais a vir novamente, quero saber o que vai estar fazendo.

— Claro — diz ela. — Não só para visitar; um dia vou morar lá.

Ela põe a mão quente no meu ombro, e eu sei que tenho que ir.

— Diga a Owen que estou torcendo por ele — falo.

— Vou dizer — sussurra ela.

Agacho e tento medir o pedaço de verde onde preciso me encaixar. Vai ser apertado. Sento-me e insiro um pé pesado. Devo fazer isso agora ou nunca. Meus pés formigam através do sapato. Viro de lado e deslizo o outro pé para dentro. Entro facilmente até a altura da cintura, semitransparente e com o corpo zunindo, mas então fico pendurado.

— Seu casaco está preso — diz Nina, ajoelhando.

Tateio onde estou preso; ela está certa.

— Está muito grande em mim, de qualquer forma. — Tiro-o pela cabeça e entrego a ela. Ela agarra em mim enquanto me afasto.

— Leve com você, é seu.

Dispenso com a cabeça.

— Fique com você. Não é meu para eu levar.

Aperto-lhe a mão levemente e solto, deslizando ainda mais para dentro do esquecimento verde. Ela desce ao chão para me ver, parecendo preocupada.

— Tem certeza de que ainda dá para passar?

Balanço meus pés para verificar. O espaço está tão apertado que não consigo olhar para baixo para ver meus dedos, mas as alfinetadas e agulhadas estão dissipando-se e eu consigo sentir a grama do outro lado.

— Não há lugar como o lar — digo.

Rastejo pelo restante do caminho e sinto a energia envolver minha cabeça. Olho para trás, para Nina, através do filtro verde, do mesmo jeito que ela me olhou quando a vi pela primeira vez. Ela cobre a boca.

— Adeus, Cam — diz ela, de repente, alcançando no vazio para tocar minha mão.

Nós dois estamos com nossos queixos pressionados contra o chão. Seguro-lhe a mão e aperto uma última vez.

— Adeus.

O túnel elétrico desloca-se em torno de mim até parecer um peso pressionando de todos os lados. É difícil respirar. Os olhos de Nina estão arregalados e assustados. Ele está encolhendo comigo dentro — eu tenho que ir *agora*.

Solto a mão dela e dou a volta na luz verde, suando embora o chão esteja coberto de geada. Ando devagarinho para trás, para dentro dos arbustos cobertos de neve. Levanto a cabeça e Nina acena do outro lado, de um vazio que agora parece uma janela plana verde. Aceno de volta. Ela sorri. Então meus dedos escorregam para fora do campo de luz e, antes que eu consiga respirar, ela desaparece.

TRINTA E QUATRO

ESTOU NAQUELE LUGAR ENTRE A VIGÍLIA E O SONO. AQUELE ONDE tudo ainda é escuro e tranquilo até ser invadido pelos pensamentos. Eu tento bloqueá-los, afundar no esquecimento sem consciência e sem sonhos. Mas por fim abro os olhos, estremecendo como alguém que esteve no subterrâneo. Tenho me esforçado para não buscar informações desde que a luz verde desapareceu.

O sol que flui pela minha janela diz que é tarde, mas meu celular diz que é domingo. Puxo o lençol de volta para cima da cabeça.

A porta é aberta repentinamente e minha mãe invade o quarto.

— Marquei uma consulta com a Dra. Summers para você amanhã. Isso tem que parar.

— O quê? — Sento-me. — Mãe...

Ela cruza os braços, afobada.

— Olha, eu não sei o que aconteceu esta semana... Você estava indo tão bem. Pensei que finalmente estivesse lidando com o que aconteceu com Viv...

Se ela soubesse... Eu rolo para encarar a parede.

— Sua sessão é às quatro, Cam, *amanhã.* — Ela hesita. — Se você quiser discutir, ligue para seu pai.

A Dra. Summers cruza as mãos no colo.

— Parece que as coisas estão indo muito bem com seu pai e na escola; você não gostaria de falar sobre Viv durante o restante da sessão?

Remexo-me no assento e olho para o relógio, mas a sessão começou há apenas quinze minutos e eu já esgotei todos os assuntos seguros. A verdade é que passei todo o fim de semana louco para falar com ela sobre ter perdido Viv *de novo*. Mas não descobri um jeito de fazê-lo sem soar insano. Apoio meus cotovelos sobre os joelhos e esfrego as têmporas, tentando clarear a mente. Talvez eu tenha deixado Viv fisicamente, mas ela tem invadido minha mente com avidez. Como se parte dela ainda não quisesse ir embora... Ou seria uma parte de mim?

— Não é que eu não queira falar sobre ela... — digo, começando brilhantemente.

A Dra. Summers não diz nada, só faz um "estou ouvindo" com os olhos.

Esforço-me para encontrar as palavras certas.

— Eu só não tenho certeza de que nossa relação tenha sido sempre o que pensei...

— Por que parece diferente para você agora?

Olho pela janela. É nessa parte que não consigo fazer avanços, mas não posso perguntar exatamente como duas versões de uma mesma pessoa podem parecer tão diferentes e, começo a perceber, tão parecidas. Em ambos os mundos, Viv era carente, mas intensamente dedicada. Ela também costumava conseguir o que queria. Sugerir que eu não precisava do futebol americano depois de minha lesão era bom para ela. Era uma janela de oportunidade — ela poderia tornar-se meu mundo inteiro. O que não faz sentido é o pensamento de que eu um dia recusaria isto. Assusta-me que as duas versões estejam começando a parecer a mesma. Mas eu nunca vou saber como *minha* Viv teria reagido se eu tivesse feito uma escolha diferente.

— Eu a amava *de fato*... E sei que ela me amava — digo sem olhar para cima. — Só tenho pensado muito sobre como as coisas estavam e como poderiam ter sido. Mas é idiota, porque não é como se eu pudesse mudar alguma coisa...

— É difícil para você não ficar fazendo previsões — concorda a Dra. Summers. — Mas as escolhas que fazemos agora ajudam a informar o futuro.

Eu olho.

— Como vou saber escolher o caminho *certo*?

— Às vezes não há certo ou errado — diz ela calmamente. — Às vezes você tem que apenas seguir seu coração.

TRINTA E CINCO

DECIDI QUE A MELHOR MANEIRA DE TIRAR MAMÃE DA MINHA COLA é arranjando um emprego. Saio do shopping com alguns cartões de visita e uma pilha de requisições genéricas para preencher. Aparentemente todo mundo já contratou equipe extra para o feriado de Ação de Graças, mas não faz mal ter um adolescente desesperado na manga no mês de dezembro.

Avisto o Toyota vermelho-ferrugem de Mike vindo perto da Macy's. Ele pisca os faróis quando aceno. Quando ele para, uma música terrível de rock indie está explodindo dos alto-falantes.

— Você colocou um *subwoofer* ou algo assim? — Esforço-me para ser ouvido através do barulho.

Ele abaixa o volume.

— Você percebeu.

Eu entro, mas minha caixa torácica vibra mesmo com o som baixo.

— Seu pai finalmente liberou o dinheiro ou o quê?

— Apostei com ele que eu conseguiria ganhar um concurso de artes. Fiquei em segundo lugar. — Ele tira do painel do carro um desenho enrolado, preso com uma fita vermelha, e o entrega para mim.

Reconheço-o porque ele o tem desenhado durante semanas, e meu estômago revira. Eu certamente não tenho merecido nenhum prêmio de amizade recentemente.

— Uau, cara, parabéns.

Ele olha para a frente através do para-brisa e liga a seta.

— Então... É para eu levar você para casa, certo?

Hesito, olhando para o desenho.

— Na verdade, você está com fome? Quer comer alguma coisa?

— Eu meio que tenho algumas coisas para fazer.

Ele acelera, apesar de o sinal à nossa frente estar vermelho.

— Tudo bem, me desculpe. Eu sei que tenho sido um babaca — digo. — Eu só estava pensando que poderíamos fazer alguma coisa... Talvez ir àquele lugar da galinha?

Ele levanta as sobrancelhas, mas permanece focado no cruzamento.

Remexo no meu lugar, recordando nossa última ida lá, quando ele teve que me arrastar porta afora. Mas então penso em Nina em seu avental verde.

— Olha, lembra quando te pedi para me dar cobertura e você disse que eu lhe devia uma explicação?

— Sim. — O sinal muda e ele vira em direção ao pequeno restaurante country.

Olho para as estrelas surgindo no céu.

— E se eu te pagar um jantar, em vez disso?

O Dina's Delicious Diner não está tão lotado como da última vez. Mike pede uma mesa e meu coração vai de "adrenalina administrada" para o modo "pânico total".

Eu não a vejo em lugar nenhum.

Um galo nos recebe à mesa — o mesmo da última vez, acho.

— Eu meio que ando desejando aquela coisa de Poutine desde a última vez. O que acha?

— Na verdade, parece bom. Eu vou querer isso também — digo, levantando-me abruptamente. — Eu vou... lavar as mãos. Volto já.

Passeio por todo o restaurante, olhando para as portas dianteiras. Não sei o que estou fazendo aqui. Eu deveria ir embora. Mesmo se ela estiver aqui, sei que não é *ela*...

Eu paro.

Ela está de pé atrás do balcão.

Eu a observo anotar um pedido por telefone. Está escrevendo num bloco e sorrindo. Cabelo amarrado para trás e avental verde. Fico olhando para sua boca e me deleitando com sua expressão despreocupada.

— Está bem, mãe, eu anotei o pedido, não seja ridíc... Sim? Bem, diga ao Owen que se ele sobreviveu ao treino, pode esperar mais vinte minutos! — Ela ri. — Tenho que ir. Vejo vocês quando chegarem aqui. — Ela desliga e balança a cabeça.

— Nina?

Eu estremeço assim que pronuncio o nome dela. Ela não me *conhece*... Mas então tenho um pensamento pior: talvez ela se lembre de mim da última vez.

— Oi — diz ela, tentando claramente reconhecer meu rosto.

— Desculpe... Você não me conhece. Eu li o seu crachá.

— Ah. — Ela toca o broche de plástico no avental e sorri hesitantemente. — Posso ajudar?

Minha mente está vazia. O que digo? Meu rosto esquenta. Por que estou aqui mesmo?

— Uma vaga — digo. — Quero dizer, hum, eu queria saber se você tem uma. Estou procurando emprego.

— Ah! — Ela tateia sob o balcão e pega o mesmo formulário genérico que eu juro que é usado para todas as vagas na cidade que pagam salário mínimo. Ela o desliza em minha direção com uma caneta. — Você pode preenchê-lo agora, se quiser. Acho que estamos contratando para lavar louça.

Hesito. Seu tom parece muito brando, mas o calor em sua voz é familiar e me deixa à vontade. Preencho a folha com todas as mesmas informações chatas que coloquei nos outros. Não tenho certeza do que vai sair daí. Ela pode até não gostar de mim, mas se há uma chance de sermos pelo menos amigos...

— Aqui está — digo.

Nossos dedos se tocam quando entrego o formulário preenchido de volta para ela e sinto alguma coisa, não um formigamento ou choque, mas alguma coisa elétrica. A caneta cai no chão e eu a pego, mas quando me levanto, há algo curioso nos olhos dela.

Será que ela sentiu também?

— Ótimo, obrigada... Camden Pike. — Ela olha para a folha e sorri, estendendo a mão. Fico olhando a princípio, me esquecendo desse estranho costume humano, mas depois meu cérebro retorna à vida e eu seguro a mão dela pela primeira vez... de novo. — Prazer em conhecê-lo — diz ela. — Nina Larson.

AGRADECIMENTOS

AS FORÇAS QUE DEVEM SER REUNIDAS PARA TRANSFORMAR UM lampejo de uma ideia em um romance de estreia é considerável e algo com o qual fico maravilhada todos os dias. Eis aqui algumas das muitas pessoas que tornaram este livro possível:

Courtney Summers e Tiffany Schmidt, por possuírem as opiniões mais antagônicas, frustrantes e perspicazes que qualquer pessoa pudesse esperar de duas parceiras de crítica. E por se tornarem duas de minhas amigas mais próximas apesar de todo este processo maluco. Courtney: OQEFSNC? Tiffany: eu já te disse que você é linda?

Minha agente, Mary Kole, por ser a defensora mais empolgada do meu trabalho, mais do que jamais ousei ser. Taryn Fagerness e Michelle Weiner, por literalmente levar este livro a lugares com os quais nunca sonhei. Agradecimentos especiais para Andrea Brown Literary Agency.

Minha fabulosa editora, Alessandra Balzer, assim como Donna Bray, Sara Sargent e toda a talentosa e criteriosa equipe da Balzer + Bray and HarperCollins, incluindo Emilie Polster, Stefanie Hoffman, Brenna Franzitta, Caroline Sun, Olivia deLeon, Molly Thomas, Patty Rosati, Ray Shappell, Erin Schell, Alison Donalty e Ruiko Tokunaga.

Os transgressores William e DJ Encore, cuja música inspirou e trouxe muitos personagens à vida de maneiras incríveis. Alexandra Sophie, pela linda fotografia de capa.

Meu marido e melhor amigo, Stefan, por lidar com pias de louça suja infinitas e muito mais. Mamãe e papai, por nunca dizer uma palavra desencorajadora e por dar pulos de alegria quando coisas legais acontecem. Minha irmã Charlotte e seu marido, Mike, por me dar o primeiro feedback que eu realmente precisava ouvir.

Agradecimentos extras para todo mundo que inspirou, aconselhou, leu ou simplesmente me incentivou ao longo do caminho: Louise Martorano, Matt Lowery, Jodi Bova, Gillian Perry, Susan Adrian, Linda Grimes, Scott Tracey, Victoria Schwab, Brenna Yovanoff, Nova Ren Suma, todo mundo na Verla Kay's Blueboards, Stephen White e Rose Kauffman (e Abbey), Eva Barkman, todos os ex-clientes aprovativos e compreensivos da Shampoodle, e a incontrolável Apocalypsies, pela explosão total de apoio e entusiasmo durante o ano inteiro.

Obrigada a todos.

Este livro foi composto na tipologia Sabon LT Std Roman, em corpo 11/15,5, e impresso em papel off-white no Sistema Cameron da Divisão Gráfica da Distribuidora Record.